www.ingramcontent.com/pod-product-compliance
Lightning Source LLC
LaVergne TN
LVHW010818051026
849532LV00007B/2568
9788196054151

وارنٹ گرفتاری

(مزاحیہ مضامین)

فکر تونسوی

Warrant Giraftari *(Humorous Essays)*
by: Fikr Taunsvi
Edition: October '2025
Publisher :
Taemeer Publications LLC (Michigan, USA / Hyderabad, India)

ISBN 978-81-960541-5-1
9 788196 054151

کتاب	:	**وارنٹ گرفتاری** (مزاحیہ مضامین)
مصنف	:	**فکر تونسوی**
صنف	:	طنز و مزاح
ناشر	:	تعمیر پبلی کیشنز (حیدرآباد، انڈیا)
سالِ اشاعت	:	۲۰۲۵ء
صفحات	:	۱۲۰
سرورق ڈیزائن	:	تعمیر ویب ڈیزائن

فہرس

مصنّف کا کچّا چٹّھا

مصنّف کا نقلی نام فکر تونسوی ہے (اصلی نام کافی واہیات تھا) وہ پہلی جنگِ عظیم میں پیدا ہوا اور تیسری جنگِ عظیم میں کوچ کر جائے گا۔ والدین غریب تھے اس لئے والدین یعنی غریبوں کے حق میں لکھنے کی عادت پڑ گئی۔ اُس کی خواہش ہے کہ غریب ہمیشہ قائم رہیں کہ کوئی ہمیشہ لکھتا رہے۔ شروع شروع میں نظمیں لکھتا تھا جو اس کی اپنی سمجھ میں بھی نہیں آتی تھیں۔ بڑی مشکل سے اس کی سمجھ میں یہ بات آئی کہ وہ گھٹیا شاعر اور بڑھیا نثر نگار ہے۔ چنانچہ نثر میں مزاحیہ اور طنزیہ چیزیں لکھنے لگا۔ پہلے اُسے یقین نہیں آتا تھا کہ وہ اچھا لکھتا ہے۔ لیکن جب قارئین نے شور مچا دیا کہ وہ تو اعلیٰ ترین طنز نگار ہے، تب اُسے بھی اپنے اعلیٰ ترین ہونے کا یقین آگیا۔ جس دن یہ یقین ٹوٹ گیا وہ خودکشی کرلے گا۔

شکل بھونڈی ہے، تحریر خوبصورت ہے اور یہ دونوں چیزیں خداداد ہیں۔ لوگ اس کی تحریر پڑھ کر اُسے دیکھنا چاہتے ہیں۔ جب دیکھ لیتے ہیں تو اس کی تحریریں پڑھنا چھوڑ دیتے ہیں۔ اس لئے مصنّف دنیا سے مُنہ چھپاتا پھرتا ہے۔ عزت قائم رکھنے کے لئے انسان کو سب کچھ کرنا پڑتا ہے۔

وہ اب تک ہزاروں صفحے لکھ چکا ہے اور لاکھوں مدّاح پیدا کر چکا ہے۔ اس کا دعویٰ ہے کہ لاکھوں صفحے اور کروڑوں مدّاح اُس کی ارتھی کے ساتھ جائیں گے۔ جن میں زیرِ نظر کتاب اور اُس کے پڑھنے والے بھی شامل ہوں گے۔

(یہ کچا چٹھا مصنّف نے خود اپنے مُنہ میاں مٹھو بن کر لکھا)

دہلی۔ جولائی ۱۹۶۶ء

بیالیسواں جنم دن

پچھلے دنوں احباب نے سازش کر کے میرا جنم دن منا ڈالا۔ اس غیر جمہوری تقریب پہ مجھے بھی تقریر کرنے کے لئے کہا گیا۔ یہ میری زندگی کی پہلی تقریر تھی جو پسند کی گئی اور اس لئے پسند کی گئی کہ یہ تحریری تقریر تھی۔

تقریر یوں تھی۔

جناب صدر (جو میں خود ہوں) اور باقی حضرات! آپ لوگ جو میرا جنم دن منانے کے لئے جمع ہوئے ہیں ظاہر ہے کہ بہت عظیم لوگ ہیں۔ یہ بات میں یقین سے کہہ رہا ہوں۔ کیونکہ جو لوگ عظیم نہیں ہوتے وہ کبھی کسی کا جنم دن نہیں مناتے۔ حتیٰ کہ اپنا بھی نہیں مناتے۔ ایسے لوگوں میں ایک صاحب نتھو دھوبی تھے۔ جو پچھلے دنوں راہیِ ملکِ عدم ہو گئے۔ انھوں نے مرتے دم تک اپنا جنم دن نہیں منایا۔ کیونکہ انھیں عمر بھر پتہ ہی نہ چلا کہ وہ جنم لے چکے ہیں۔

ابھی ابھی جو صاحب تقریر کر کے گئے ہیں، آپ اُن کی باتوں پر قطعی اعتبار نہ کیجئے۔ وہ میرے گہرے دوست ہیں اور گہرے دوستوں کی یہی ٹریجڈی ہے کہ وہ صرف تعریف و تحسین ہی کر سکتے ہیں۔ پچھلے دنوں ایک گہرے دوست سے میں نے کہہ دیا کہ تمہاری جرابوں سے سخت بدبو آ رہی ہے تو انھوں نے میرے خلاف تھانے میں رپٹ لکھوا دی۔ حالانکہ بطور گہرے دوست کے میرا فرض تھا کہ اُن کی جرابوں

کی تعریف کرتا۔ صاحب! سچائی اور دوستی میں اتنا بڑا فرق ہے کہ اُسے مٹانا بنی آدم کے بس کا روگ نہیں۔

مجھے بتایا گیا ہے کہ میرا بیالیسواں جنم دن ہے۔ بظاہر بیالیس کا ہندسہ ایک معمولی ہندسہ ہے۔ لیکن یہ ہندسہ مجھے نہایت تشویشناک محسوس ہو رہا ہے کیونکہ اس ہندسہ کا مطلب یہ ہے کہ میں اب بچّہ نہیں رہا۔ جوان بھی نہیں رہا اور بڑھاپا ابھی بہت دور ہے۔ عمر کی یہ عجیب منزل ہے کہ میں کچھ بھی نہیں ہوں۔ نہ معصوم، نہ الھڑ، نہ بزرگ۔ یہ عجیب بے بسی کی عمر ہے۔ مذہبی اصطلاح میں اسے "عالم برزخ" کہا جاتا ہے۔ جب خدا کسی رُوح کو نظروں سے گرا دیتا ہے تو اسے بیالیسویں سال میں پہنچا دیتا ہے۔

زرا اندازہ فرمایئے کہ اب میں سیڑھیوں پر پاؤں جما جما کر رکھا کروں گا۔ ڈاکٹر مجھ سے کہا کریں گے کہ آلو مت کھایا کرو۔ بھڑکیلی قمیص پہنوں گا مگر شرماتا بھی رہوں گا۔ اور نیم سنجیدہ باتوں کے بارے میں سوچا کروں گا۔ مثلاً یہ کہ میں کیا ہوں اور کہاں سے آیا ہوں؟ کہاں جاؤں گا اور کب جاوں گا؟ اور جا کر جب لوٹ آوں گا تو چیونٹی بن کر یا ہاتھی بن کر؟ دراصل صاحبان! آپ چیونٹی بن جائیں یا ہاتھی، اِس سے کوئی فرق نہیں پڑتا۔ کیونکہ انسان کا سب سے بڑا غم موت ہے اور موت ہم میں سے کوئی بھی نہیں چاہتا۔ ہم سب کسی نہ کسی شکل میں زندہ رہنا چاہتے ہیں۔ چاہے یہ شکل چیونٹی کی ہو یا ہاتھی کی۔ اور چونکہ ہم زندہ رہنا چاہتے ہیں اس لئے ہم نے رُوح ایجاد کر ڈالی ہے اور اعلان کر دیا ہے کہ روح ایک لافانی چیز ہے۔ کبھی نہیں مرتی۔ اور یہ اتنی لچکیلی ہے کہ ایک چیونٹی کے اندر بھی سما جاتی ہے اور ہاتھی کے اندر بھی۔ صاحب صدر! روح کی ایجاد ہم انسانوں کا ایک لافانی کارنامہ ہے۔ جس پر خود خدا بھی سخت حیران ہوگا!

مجھے خطرہ ہے کہ میرا بیالیسواں جنم دن میرے ماضی کو فنا کے گھاٹ اتار رہا ہے اور اس کی بجائے میرے مستقبل کو جنم دے رہا ہے۔ اب میں ماضی کی قبر پہ بیٹھ کر مستقبل کی مجاوری کیا کروں گا۔ یہ ایک بڑی بے ہنگم بات ہے کہ میں صرف مستقبل کا ہو کر رہ جاؤں۔ اپنی روح کا مستقبل، اپنے بچوں کا مستقبل، اپنی صحت کا مستقبل کلچر کا مستقبل، بنی نوعِ انسان کا مستقبل، مذہب، اخلاق اور راستی کا مستقبل۔ صاحبان! سچ سچ بتلائیے آپ میرے ساتھ یہ کیا سلوک کرنے والے ہیں۔ ایک پریشان انسان کو کیوں مجبور کر رہے ہیں کہ وہ صبح چار بجے اٹھ کر سیر کو جایا کرے۔

پرسوں کی بات ہے لالہ گوپی ناتھ جی ریٹائرڈ ایڈوکیٹ میرے پاس آئے۔ انھوں نے بڑی ذمہ داری کے ساتھ ٹھنڈا سانس بھرا اور کہنے لگے۔

"فکر صاحب! میں حیران ہوں کہ خدا جب ایک ہے تو یہ مختلف مذہبوں والے ایک کیوں نہیں ہو جاتے؟"

تو حضرات مجھے اسی وقت شبہ ہو گیا تھا کہ لوگ مجھے سنجیدہ سمجھنے لگے ہیں چنانچہ میں آپ کو بتا نہیں سکتا کہ کس درد و کرب کے ساتھ میں نے ریٹائرڈ ایڈوکیٹ کے سامنے تسلیم کیا کہ "میں آپ کے ساتھ اتفاق کرتا ہوں۔"

ایڈوکیٹ صاحب کے جانے کے بعد میں نے یہ سوچنا شروع کیا کہ کیا میرے جنم کا مقصد یہ تھا کہ میں خدا کو ایک ثابت کروں؟ بلکہ اس سے بھی زیادہ یہ کہ کیا واقعی میرے جنم کا کوئی مقصد تھا بھی؟ غالب شبہ یہ ہے کہ مقصد ضرور ہو گا۔ ورنہ کوئی وجہ نہ تھی کہ مجھے پیدا کیا جاتا!

یہاں پر خیال خواہ مخواہ "کرم فلاسفی" کی طرف چلا جاتا ہے۔ نہ جانے یہ فیصلہ کیوں کیا گیا کہ مجھے ہندوستان میں جنم لینا چاہیئے۔ ممکن ہے یہ فیصلہ میرے سابقہ کرموں نے کیا ہو۔ میں نہیں کہہ سکتا کہ میرے سابقہ کرم کیا تھے۔ کیونکہ میرا حافظہ اتنا اعلیٰ

نہیں کہ پچھلے کرموں کو یاد رکھ سکوں۔ لیکن ایک عام اندازے کے مطابق وہ اچھے کرم ہوں گے۔ کیونکہ سُنا ہے کہ اچھے کرموں سے ہی انسانی چولا ملتا ہے۔ مجھے اپنے گھر کے مُرغے پر اکثر ترس آتا ہے کہ بیچارے کو بُرے کرموں نے مُرغا بنا دیا۔ اگرچہ کئی بار یہ خیال بھی آتا ہے کہ مُرغ مجھ سے بہتر زندگی گزار رہا ہے۔ کیونکہ جب کسی بے گناہ کو پھانسی کی سزا ملتی ہے تو میں اُداس ہو جاتا ہوں۔ لیکن مرغے پر اس پھانسی کا کوئی اثر نہیں پڑتا۔ وہ بدستور مرغی کے ساتھ رومانٹک ڈائیلاگ بولتا رہتا ہے۔ وجہ یہ ہے کہ قانون مُرغے نے نہیں بنائے۔ جو قانون بنائے گا وہی اداس ہوگا۔

میں امید کرتا ہوں کہ مُرغا موجودہ جنم میں ضرور اچھے کرم کرے گا تاکہ اگلے جنم میں وہ انسان بنے اور کسی بے گناہ کو پھانسی دے۔

میرے پچھلے اچھے کرم کون سے ہوں گے؟ ممکن ہے جناب! میں نے پچھلے جنم میں کسی اندھے کو اپنی ایک آنکھ نکال کر دے دی ہو۔ کسی کی قبر پر جا کر دیا جلایا ہو۔ کسی دوسرے کے فائدہ کی خاطر جیل کاٹی ہو۔ لیکن اس بار پوزیشن قطعی مختلف ہے۔ اس جنم میں مجھے عینک لگوانی پڑی۔ کئی بار نقاہت کے باعث بیہوش بھی ہوا۔ لکھنے کے لئے کوئی نفیس پین تک نہ ملا۔ حالانکہ ایک صاحب جو مشکل سے دستخط کر سکتے ہیں ہمیشہ پارکر پین لگائے رہتے ہیں۔ معلوم ہوتا ہے ان پین والے صاحب نے پچھلے جنم میں اپنی ایک بھی آنکھ کسی کو نہ دی ہوگی اور اندھے کو اندھا رہنے دیا ہوگا اس لئے اسے اس جنم میں پارکر پین مل گیا۔ یہ اُس نے دور اندیشی کی بات کی۔ اگر کسی کو انسانی جنم دیا جائے تو اُسے ساتھ ہی دُور اندیشی بھی دی جائے۔ صرف اچھے کرموں ہی سے پارکر پین نہیں ملتا۔ ممکن ہے میں نے پچھلے جنم میں کسی بدقماش امیر کی تعریف میں کوئی قصیدہ رقم کیا ہو۔ بدقماش کی تعریف کوئی اچھا کرم نہیں ہے۔ لہٰذا حیرت ہوتی ہے کہ جب میرے کرم اچھے نہ تھے تو مجھے انسانی چولا کس بنا پر دیا گیا۔ حضرت! میں

شاستروں کی کرم تھیوری کو چیلنج نہیں کر رہا، بلکہ صرف تقدیر کے جج کو آگاہ کرنا چاہتا ہوں کہ میں نے موجودہ جنم میں کسی زخمی چڑیا کو پانی نہیں پلایا۔ لہٰذا اگلے جنم میں اس کے بدلے مجھے صرف دستخط کرنا ہی سکھایا جائے اور سابقہ غلطی کو دُہرایا نہ جائے۔

میں نے بیالیس سال میں خاصے تجربات کئے ہیں۔ لیکن سب سے مکمل اور سب سے ناگوار تجربہ یہ ہوا کہ انسان کو تنہائی نصیب نہیں۔ پیدا ہوتے ہی اُس کی تنہائی چھین لی جاتی ہے۔ اِس کی وجہ خدا ہے۔ یہ خدا کی مجبوری ہے یا جانے کیا ہے کہ اُس نے بیک وقت بہت سی چیزیں پیدا کر دی ہیں۔ مثلاً اُس نے جھنجھنا پیدا کر دیا ہے۔ جو آپ کے پیدا ہوتے ہی بجنے لگتا ہے آپ جھنجھنے سے الگ ہوئے تو اچانک ایک بلی کی آواز آتی ہے "میاؤں!" آپ میاؤں سُن کر رونے لگتے ہیں تو ایک رومال آگے بڑھتا ہے جو آپ کے آنسو پونچھنے لگتا ہے۔ ایک بار مجھے یاد ہے کہ نائی آ موجود ہوا اور بولا۔ ننھے! بال کتروالو۔ ایک بار ایک کوا ٹھونگ مار کر مجھے زخمی کر گیا اور پھر ایک بار میں یتیم ہو گیا تو میری خالہ آ دھمکی اور بولی "اب تو میرا بیٹا ہے۔ میں تجھے بن ماں کے ایک دن نہیں دیکھ سکتی" غرض پورے بیالیس برس میں مجھے ایک پل بھی تنہائی نصیب نہیں ہوئی۔ حتیٰ کہ سوتے وقت جب میں قطعی تنہا ہوتا ہوں تو نیند میں کوئی دیو آ جاتا ہے اور میری گردن مروڑنے لگتا ہے۔ کوئی پری آ جاتی ہے جو مجھے اُٹھا کر آسمان کی طرف لے جاتی ہے۔ یہ ساری صورتِ حالات نہایت ناگوار ہے۔ نہ جانے لوگوں کو یہ کیوں معلوم ہو جاتا ہے کہ میں پیدا ہو چکا ہوں۔ ایک سائنس داں نے مجھے بتایا کہ دراصل یہ ایٹم کی فطرت ہے کہ جونہی ایک ایٹم پیدا ہوا دوسرا ایٹم اس کا تعاقب کرنے لگتا ہے۔ آپ جب انسان بن جاتے ہیں تو ننگے نہیں رہ سکتے۔ لہٰذا کپڑا آپ کا تعاقب کرتا ہے۔ کپڑے کا تعاقب درزی کرتا ہے اور درزی کا تعاقب اُس کی بیوی کرتی ہے۔ بیوی کا تعاقب اُس کے بھوکے ننگے بچے کرتے ہیں۔ غرض

ہر ایٹم دوسرے ایٹم کے تعاقب میں ہے۔ صاحبان! میں آپ کو سائنس کا سبق نہیں دے رہا۔ بلکہ صرف اپنے ذاتی ایٹم کا دُکھ بیان کر رہا ہوں کہ تنہائی کسی ایٹم کو نہیں ملتی۔ مجھے درزی کا بل دینے پر ہرگز اعتراض نہیں ہے۔ لیکن وہ درزی مجھے شعر بھی سناتا ہے جو ناشائستہ حرکت ہے۔ اگر درزی کے بچے کے پاس نیکر نہیں ہے تو یہ ٹیکسٹائل ملوں کا فرض ہے کہ اُسے نیکر مہیا کریں۔ آخر بے نیکر بچے مجھے کیوں مجبور کرتے ہیں کہ ہمارے تن کی عُریانی پر مضمون لکھو۔

میں کبھی کبھی سوچتا ہوں اگر ایک ایٹم دوسرے ایٹم سے جُدا ہو جائے تو کیا ہو۔ ہر ایٹم اپنی الگ زندگی گزارنے لگے۔ جیسے قبر میں ہر مُردہ الگ الگ پڑا رہتا ہے، بے نیکر بچے کی الگ قبر ہو۔ میری مضمون نگاری کی الگ قبر ہو۔ اور اگر ایک قبر دوسری قبر سے واسطہ نہ رکھے تو؟ مگر آہ! ایسا کبھی ہوتا نہیں اور تنہائی کبھی ملتی نہیں۔ میں نے کئی بار ہمالیہ پربت پر جاکر تپسوی بننے کا بھی ارادہ کیا لیکن شک ہے کہ وہاں خدا موجود ہوگا۔ اور تنہائی وہاں بھی نصیب نہیں ہوگی۔

اور زندگی میں دوسرا تلخ تجربہ مجھے یہ ہوا کہ موت آسان نہیں۔ حالانکہ بیالیس سال کے فوراً بعد موت کو آجانا چاہیئے۔

یہ ایک بے ڈھنگی بات ہے کہ ہر انسان کی موت کا وقت مقرر ہے۔ منطقی اعتبار سے یہ غلط سسٹم ہے۔ مثلاً ماہرین عمر کی رائے ہے کہ پچاسی برس سے پہلے مجھے موت نہیں آئے گی۔ میری ماں دُعا مانگا کرتی تھی کہ تم سو سال تک جیو۔ ایک صاحب پچھلے دس برسوں سے مجھ سے کہہ رہے ہیں کہ اگر تم سگریٹ اور پان کا استعمال ترک کر دو تو تمہاری عمر لمبی ہو سکتی ہے۔ مجھے یہ سب کچھ ایک بے لُطف لالچ معلوم ہوتا ہے، کیونکہ بیالیس برس زندہ رہ کر میں نے جو کچھ دیکھ لیا ہے وہ کافی ہے۔ اب مزید تینتالیس سال زندہ رہنے کے لئے تیار نہیں ہوں۔ کیونکہ اگر میں زندہ رہا تو آئندہ بھی وہی دیکھوں گا

جو دیکھ چکا ہوں۔ اگر کوئی آدمی مجھ سے وعدہ کرے کہ وہ باقی عمر میں مجھے ایک ایسا مرغا دکھائے گا جو بانگ نہ دیتا ہو تو میں مزید تینتالیس سال زندہ رہنے کے لئے تیار ہوں ورنہ لمبی عمر اُس دو فٹ لمبے سگریٹ کی طرح ہے جسے پیتے پیتے جبڑے تھک جاتے ہیں۔ دراصل لمبی عمر کی خواہش نے انسان کو بُری طرح بھٹکا دیا ہے اور وہ غیر فطری حرکتیں کرتے کرتے زندگی کی خالص لذت سے محروم ہو گیا ہے۔ مثلاً ایک صاحب لمبی عمر پانے کے لئے ہر روز صبح اڑھائی گھنٹے سیر کرتے ہیں۔ یعنی عمر کا خاصا حصہ سیر میں ضائع کئے جا رہے ہیں اور ایک صاحب عمر بھر پیدل چلتے رہے ہیں۔ حالانکہ اگر وہ گھوڑے موٹر یا ریل پر سوار ہوا کرتے تو زیادہ لذت اُٹھاتے۔ ایک بڑے بڈھے سے ملاقات ہوئی۔ فخر سے کہنے لگے۔ میں اب بھی دانتوں سے کاٹھا بادام توڑ سکتا ہوں۔ یعنی وہ صرف بادام کھانے کے لئے سو سال تک زندہ رہنا چاہتے ہیں۔ حالانکہ بادام اگر پتھر سے توڑے جائیں تو بھی ٹوٹ جاتے ہیں۔ ایک اور صاحب ہیں وہ خدمتِ خلق کے لئے زیادہ دیر تک زندہ رہنا چاہتے ہیں۔ حالانکہ اگر چار پانچ سال خدمتِ خلق کر لی جائے تو اس میں زیادہ لذت ہے تاکہ اس کے بعد کسی اور آدمی کو خدمتِ خلق کا موقع دیا جائے۔

میرا خیال ہے یہ سب زندہ رہنے کی چالبازیاں ہیں اور انہیں چالبازیوں کا نتیجہ ہے کہ موت آسان نہیں رہی۔ لوگ یا تو مرنے میں نہیں آتے یا جب مرنے پر آتے ہیں تو آٹھ سال کا معصوم بچہ بھی مر جاتا ہے۔ جسے ابھی اتنا بھی علم نہیں ہوتا کہ حسینہ کے ہونٹوں میں کشش کیوں ہوتی ہے اور لیلیٰ اور مجنوں کی ٹریجڈی کیوں وجود میں آئی تھی۔

اسی لئے حضرات! میری عرض یہ ہے کہ حسینہ کے لبوں کا اندازہ لگانے کے بعد انسان کو مر جانا چاہیئے۔ لیکن اس بچے کو نہیں مرنا چاہیئے جو ابھی اپنا نام لکھنے کی لذت سے بھی آگاہ نہیں۔ اس کے علاوہ عمر کو لمبا کرنے کے جتنے طریقے ہیں انہیں

بند کر دینا چاہیئے تاکہ زندگی بھی آسان ہو جائے اور موت بھی حادثہ نہ رہے۔ لیکن جب مجھے خیال آتا ہے کہ مجھے مزید تینتالیس برس زندہ رہنا ہے تو جی چاہتا ہے قطب مینار پر جا کر چھلانگ لگا دوں لیکن اب تو وہاں بھی لوہے کا جنگلا لگا دیا گیا ہے۔ لہٰذا یہ امر نا مشکل ہے۔ کیونکہ سُنا ہے جس کو رکھے سائیاں، مار سکے نہ کوئے۔

جناب صدر! اور حاضرین! اب میں اپنی تقریر ختم کرنے لگا ہوں۔ کیونکہ جتنی باتیں میرے پاس تھیں وہ سب ختم ہو چکیں۔ یہ باتیں میری بیالیس سال کی زندگی کا نچوڑ ہیں۔ آپ شائد چاہیں گے کہ میں کچھ اور فروعی باتیں بھی کروں جن سے دنیا کو فائدہ ہو۔ لیکن میرا خیال ہے کہ پچھلی کئی نسلوں سے فروعی باتیں کہی جا رہی ہیں لیکن دنیا کو ان سے کوئی خاص فائدہ نہیں ہوا۔ چونکہ رفاہِ عام کی عادت ہم ادیبوں میں عام ہے۔ اِس لئے آخر میں چند چیزوں کے بارے میں ضرور عرض کروں گا کہ میرا کیا ردِّ عمل ہے۔

مثال کے طور پر میں نے اِن بیالیس برسوں میں محسوس کیا ہے کہ کُتے کائیں کائیں کرتے ہیں۔ گدھے اتنے بیوقوف نہیں ہوتے جتنے سمجھے جاتے ہیں۔ اُداسی کسی کے باپ کی میراث نہیں۔ پتنگے روشنی پر مرتے ہیں لیکن انسان کی جان کھا جاتے ہیں۔ گیدڑ کو معلوم ہے کہ شہر میں اس کے کھانے اور رہنے کا کوئی بندوبست نہیں۔ اور گائے اگر شہر کا بائیکاٹ کر کے جنگلوں میں سکونت اختیار کر لے تو وہ بھی اتنی ہی خوفناک ہو سکتی ہے جتنا شیر اور بھیڑیا۔

صاحبان! ان بیالیس برسوں میں مجھے صرف ایک بات کی سمجھ نہیں آئی۔ بعض جانور انسان کے اتنے قریب کیوں آ گئے ہیں اور بعض جانور انسان سے اتنی دُور کیوں چلے گئے ہیں۔ کیا ان میں اب بھی مفاہمت کی کوئی صورت نکل سکتی ہے۔ یا یہ دائمی ہجر ہے؟

یہ گھریلو جانور

میرے گھر میں کچھ اشرف المخلوقات رہتے ہیں اور کچھ مخلوقات —— اشرف المخلوقات کے طور پر میری بیوی، دادی اماں، والد (محترم) اور میرے بیٹے بیٹیاں رہتے ہیں۔ اور مخلوقات کے طور پر ایک بلی، چند چوہے، ایک کتا، دو چڑیاں، ایک بکری اور ایک بھینس۔ کبھی کبھی کوئی سؤر بھی دوسرے سؤر سے ڈر کر ہمارے برآمدے میں آکر بیٹھ جاتا ہے۔

جب والد صاحب نے یہ گھر بنایا تھا (بنایا بھی کہاں تھا، ایک مقروض سے قرض میں لیا تھا) تو عام طور پر یہی خیال تھا کہ اسے انسانی نقطۂ نگاہ سے بنایا گیا ہے، جانوروں کے نقطۂ نگاہ سے نہیں۔ سارا روپیہ والد صاحب (محترم) نے اپنی گرہ سے ہی دیا تھا۔ کسی بلی یا چڑیا کا ایک پیسہ تک اس میں شامل نہیں تھا۔ —— لیکن اس کے بعد کی تاریخ اندھیرے میں ڈوبی ہوئی ہے کہ کب اور کس رشتہ سے مجبور ہو کر یہ جانور حضرات ہمارے گھر میں رہنے لگے بلکہ اب تو ہم میں بائیولوجیکل (BIOLOGICAL) فرق بھی کچھ کچھ مٹتا سا نظر آرہا ہے اور ہم ان کے ساتھ انسانوں کی طرح گھل مل کر رہ رہے ہیں۔ ایک بار میں نے والد صاحب سے اس سلسلے میں استفسار کیا تو وہ بولے

"بیٹا! اس سوال کو آواگون کی تھیوری کی روشنی میں دیکھنا چاہیے۔

پچھلے جنم میں یہ تمام پشو پنچھی ہماری طرح انسان تھے اور اسی گھر میں رہتے تھے۔" اور پھر ایک کتے کی طرف اشارہ کرتے ہوئے انھوں نے کہا "ہو سکتا ہے، یہ تمہارے مرحوم دادا صاحب ہوں۔"

مجھے یاد ہے ایک دن یہی دادا صاحب اپنی پڑپوتی کے ہاتھ سے بسکٹ چھین کر بھاگ گئے تھے۔

بلّی بلّی: گھر کے تمام جانوروں میں نسبتاً بہتر پوزیشن حاصل کر چکی ہے —— ایک تو اس لئے کہ اسے مذہبی حمایت حاصل ہے۔ دادی کہتی ہے کہ اسے مارنا پاپ ہے۔ کیونکہ دھرم شاستروں میں بلّی کی بڑی مہما گائی گئی ہے (نہ جانے کونسے شاستر میں گائی گئی ہے کیونکہ دادی کو ایک بھی شاستر کا نام نہیں آتا) والد (محترم) چند سال پیشتر بلّی کو مذہبی اہمیت بالکل نہیں دیتے تھے۔ لیکن جب سے وہ ایک گھوڑے سے گرے اور گھٹنا اتر گیا جب سے وہ بھی بلّی کو ایشور بھگت سمجھنے لگے ہیں۔ اُن کا خیال ہے کہ بلّی کو مارنے والا ضرور کشٹ اٹھاتا ہے۔ ایک بار وہ بلّی کو گود میں بٹھائے اپنے حصّہ کا دودھ پلا رہے تھے اور بڑے گلوگیر لہجہ میں کہہ رہے تھے:

"اے دیوی آتما! اپنے بھگوان سے پرارتھنا کر کہ میرا گھٹنا ٹھیک ہو جائے اور اگر گھٹنا ٹھیک ہو گیا تو میں تمہیں سات تیرتھوں کی یاترا کراؤں گا دیوی!"

بھگوان سے بھی زیادہ بلّی کو گھر کے بچّوں کی حمایت حاصل ہے۔ گھر کے چار بچّے اس کی پشت پر ہیں، (پانچواں زیرِ تعمیر ہے)۔ بلّی ہر بچّے کے دل میں غرغراتی ہے اور بچّوں کی باہمی رقابت کو خوب ایکسپلائٹ کرتی ہے مگر منجھلے بچّہ سے ذرا دبتی ہے کیونکہ وہ بچّہ فرطِ محبت کا قائل ہے اور اسے اس شدت سے بغل میں بھینچ لیتا ہے کہ بلّی کی چیخ نکل جاتی ہے —— مگر بڑے بچّہ کا محبوبہ بن کر انتظار

کرتی ہے کہ جونہی اُس کے اسکول سے آنے کا وقت ہوتا ہے، بلّی اپنے سارے ضروری حوائج چھوڑ کر گیٹ پر آ بیٹھتی ہے۔ گیٹ سے بلّی کی "میاؤں" سُنائی دے تو اس کا صاف یہی مطلب ہوتا ہے کہ منّو آگیا ہے اور پھر منّو کے آتے ہی وہ اس کی جھولی میں جا بیٹھتی ہے اور اس کی گود میں یوں سپردگی کے انداز میں سر رکھ دیتی ہے جیسے آتما پرماتما میں جا کر مل گئی ہو —— مجھے تو یہ کچھ روحانی محبت لگتی ہے۔

ذاتی طور پر مجھے یہ بلّی پسند نہیں۔ میری بیوی بھی بچوں کی آنکھ بچا کر کبھی کبھی اس پر بیلنا رسید کر دیتی ہے۔ بیوی کو ایک شکایت تو یہ ہے کہ یہ کمبخت دودھ ہمارے گھر سے پی جاتی ہے مگر فائدہ پڑوسن کو پہنچا آتی ہے (یعنی پڑوسن کے چوہوں کو کھا آتی ہے) اور دوسرے یہ کہ اتنا اعلیٰ چوہے دان بیکار پڑا ہے (بیوی کا ایک بھائی چوہے دان بنانے کا کام کرتا ہے اور یہ تحفہ بھائی کی طرف سے بہن کو دیا گیا تھا) اور تیسرے یہ کہ باقاعدگی سے چربی اور خوراک کھانے سے وہ بیحد کاہل، موٹی اور تن آسان ہو گئی ہے۔ ڈنر کھاتے ہی اُسے نیند آجاتی ہے اور چوہوں کی آواز سُننے کے باوجود نہیں اُٹھتی۔

"اس کا رات کا کھانا بالکل بند کر دیا جائے ——" وہ درشت لہجہ میں کہتی ہے

"ہائے ری بہو! بیچاری بھوکی سو گئی تو کہیں شراپ نہ دے دے۔ جانتی ہو بالکل پہنچی ہوئی سنت فقیر ہوتی ہیں یہ بلّیاں؟" —— دادی جان میری بیوی کو عاقبت کے ڈنڈے سے ڈرا دیتی ہیں اور بیوی کسمسا کر خاموش ہو جاتی ہے۔ دادی کے پاس چند تولے سونا ہے جس پر بیوی کی نظر ہے اسی لئے وہ بلّی اور دادی دونوں کا احترام کرتی ہے اور بلّی کا یہی رول مجھے ناپسند ہے کہ وہ ایک انسانی کمزوری کا ناجائز فائدہ اُٹھا رہی ہے۔

بلّی کبھی کبھی اپنے ساتھ ایک بلّے کو بھی لے آتی ہے اور پھر دونوں کہیں اوپر

چنے جاتے ہیں۔ یہ بِلّا مجھے کوئی آوارہ گرد لفنگا معلوم ہوتا ہے کہ عام طور پر پورے دوپہر گزار کر لوٹ جاتا ہے لیکن ایک بار وہ بلّی کو بھی اپنے ہمراہ کہیں لے گیا۔ اور جب بلّی چار دن بعد ہمارے گھر لوٹی تو معلوم ہوا کہ اس کی آنکھوں میں ایک عجیب طرح کی ندامت جھلک رہی تھی۔ میرا خیال ہے کہ اسے بلّے کے ہرجائی پن اور بے وفائی کا احساس ہو گیا تھا۔ لیکن ہفتہ بھر بعد وہ بِلّا کمبخت پھر آ گیا۔ اور یہ محترمہ پھر اس کے ساتھ چھت پر چڑھ گئیں —— اور میں نے یہ سوچ کر اُسے معاف کر دیا کہ بیچاری احساسِ خودی سے محروم ہے ——

اس کی حرکات و سکنات دیکھ کر مجھے والد صاحب کی یہ تھیوری قریب قریب صحیح معلوم ہوتی ہے کہ یہ بلّی پچھلے جنم میں انسان ہوگی (میرا خیال ہے، میری نانی ہوگی۔ کیونکہ سنا ہے شادی سے پہلے وہ بھی نانا مرحوم کے ساتھ چھت پر جا کر اشارے کیا کرتی تھیں)۔

چوہے

چوہے (بلّی کے باوجود) ہمارے گھر کے مستقل باشندے ہیں۔ نہ جانے انھیں ہمارے گھر کی کونسی ادا بھا گئی ہے کہ پڑوسن کے گھر جاتے ہی نہیں۔ بس کبھی کبھار ہوا خوری کے لئے جاتے بھی ہیں تو پڑوسن کی دیواروں کے اِرد گرد چکر کاٹ کر پھر گھر لوٹ آتے ہیں۔ خود پڑوسن ہم سے کئی بار اُن کی شکایت کر چکی ہے کہ آپ کے چوہے ہمارے گھر میں گھس آتے ہیں۔ انھیں سنبھال کر رکھیئے —— تاریخی طور پر بھی یہ طے نہیں ہو سکا کہ یہ چوہے سب سے پہلے کس کے گھر میں داخل ہوئے تھے ہمارے یا پڑوسن کے —— اس لئے عام طور پر ہمارے گھر والوں نے شرافتِ نفسی کے مارے یہ تسلیم کر لیا ہے کہ ہمارے ہی چوہے ہیں (کیونکہ ہمارا ہی نقصان زیادہ کرتے ہیں)۔

اِن چوہوں سے ہمارے تعلقات ہمیشہ سے منافقانہ چلے آ رہے ہیں کہ ہم نے

انھیں کبھی گھر کے وفادار افراد تسلیم نہیں کیا۔ مگر اس کے باوجود یہ ہمارے بچوں ہی کی طرح گھر میں دندناتے پھرتے ہیں ——— جیسے کوئی گھر میں چوہے پال لے۔ گھر میں رہ کر بھی گھر والوں سے آنکھ نہیں ملاتے۔ ہمیں اپنا دشمن سمجھتے ہیں۔ اس لئے ہمیں دیکھتے ہی بزدل دشمنوں کی طرح بھاگ جاتے ہیں (ایسے بزدلوں کو گھر میں رکھ کر میں اکثر شرمندہ ہوا ہوں)۔

ہمارے گھر کی جو چیز بھی گم ہو جائے وہ یا تو پڑوسن کے ہاں سے نکلتی ہے یا چوہوں کے ٹھکانوں سے ——— صرف ایک بار شک پیدا ہوا تھا جب ہماری صابن کی ایک ٹکیہ پڑوسن کے غسلخانے میں سے برآمد ہوئی تھی۔ پڑوسن کا دعویٰ تھا کہ آپ ہی کے چوہے یہاں لاکر چھوڑ گئے ہیں۔ مگر میری بیوی کا اصرار تھا کہ پڑوسن جھوٹی ہے۔ ہمارے چوہے اتنے بے وقوف نہیں ہیں کہ گھر کی چیز باہر پھینک آئیں۔ پڑوسن صرف چوہوں کی آڑ میں اپنا جرم چھپا رہی ہے (پڑوسن کے ساتھ ہمارے تعلقات چوہوں سے بھی زیادہ منافقانہ ہیں)

بہرکیف پڑوسن کے مقابلہ میں ہمیں یہ چوہے بیگانے نہیں لگتے اور صرف یہی ایک دلیل چوہوں کے حق میں جاتی ہے۔

ایک بار ہم نے چوہوں کا قتلِ عام شروع کیا یعنی چوہے مار گولیاں گھر بھر میں بکھیر دیں۔ صبح تک لاشوں کے ڈھیر لگ گئے مگر مجھے یہ دیکھ کر بڑی گھن آئی کہ ان کی لاشیں نہایت مکروہ اور غلیظ ہیں اور مجھے پہلی بار احساس ہوا کہ زندہ چوہے مردہ چوہوں سے زیادہ حسین اور جاذبِ نظر ہوتے ہیں۔ لہٰذا انھیں مارنے کے بجائے زندہ ہی رہنے دیا جائے۔ چنانچہ آئندہ کے لئے قتلِ عام بند کرنے کا حکم دے دیا گیا۔ اُس دن ایک چوہا تو میری میز پر رکھے ہوئے "دیوان غالب" پر اوندھے منھ مرا پڑا تھا۔ اور کراہت کے مارے مجھے ایک نیا دیوانِ غالب

خریدنا پڑا (چوہے والا دیوانِ غالب میں نے ایک پبلک لائبریری کو دان میں دے دیا)

صرف ایک مرتبہ مجھے چوہوں پر بے ساختہ پیار آیا تھا۔ گرمیوں کی ایک رات کو ہم باہر صحن میں سو رہے تھے کہ ایک چور صحن میں گھس آیا۔ جونہی وہ کمرے کا تالا توڑنے کے لئے بڑھا تو اندر سے کسی چوہے نے مینٹل پیس پر رکھی ہوئی کراکری جو گرائی تو برتن دھڑام سے نیچے گر کر ٹوٹ گئے اور چور یہ سوچ کر لوٹ گیا کہ اندر تو پہلے ہی سے کوئی چور موجود ہے۔

شاید غالب نے ہمارے ہی چوہوں کے بارے میں کہا تھا کہ ع

رہا کھٹکا نہ چوہوں کا دعا دیتا ہوں رہزن کو

چڑیاں

ہمارے گھر میں دو چڑیوں نے مستقل گھونسلے بنا رکھے ہیں اور باقی چڑیاں ویسے ہی ہمارے گھر کی سٹڈی کرنے کے لئے آنکلتی ہیں۔ ان بیرونی وزیٹروں سے ہمارے کوئی جذباتی تعلقات نہیں ہیں سوائے اس کے کہ ہمارا کوئی ننھا کبھی کبھی جذبات سے مغلوب ہو کر انہیں پکڑنے کی کوشش کرتا ہے۔ مگر چڑیاں اتنی دور اندیش ہیں کہ معصوم جذبات پر بھی اعتبار نہیں کرتیں۔ اور آج تک ایک چڑیا بھی ننھوں کے ہاتھ نہیں آئی —— دراصل وہ بنیادی طور پر انسانی نسل سے خوفزدہ ہیں۔ صرف کتابوں میں یہ لکھنے سے کیا بنتا ہے کہ ع

آجا چڑیا، آجا چڑیا   دانا دُنکا کھاجا چڑیا

والدِ محترم ہر منگل وار کی شام کو چھت پر جا کر چڑیوں کو بلا لیتے ہیں۔ انہیں جوار کے دانے کھلاتے ہیں۔ اُن کے ساتھ یک طرفہ بات چیت کرتے ہیں۔ مگر اس کے باوجود چڑیوں اور والد صاحب کے سابقہ تعلقات میں کوئی بہتری پیدا نہیں ہوئی۔ شک اور ہراس کی خلیج بدستور قائم ہے اور جوار کے دانوں سے

بھی عبور نہیں ہو سکی۔

ہمارے گھر میں جو دو مستقل چڑیاں ہیں ان میں سے ایک نے تو لکشمی کی تصویر کے پیچھے گھونسلہ بنا رکھا ہے اور دوسری نے عمر خیام کی تصویر کے پیچھے۔ دونوں بڑے اطمینان سے ان گھونسلوں میں تخلیقی سرگرمیاں جاری رکھتی ہیں۔ ہم نے کبھی ان سرگرمیوں میں مداخلت نہیں کی۔ عمر خیام والی چڑیا کبھی کبھی اداس سی ہو کر نکل آتی ہے اور تصویر کے ایک کنارے پر آ کر بیٹھ جاتی ہے اور بڑی دیر تک بے حس و حرکت بیٹھی رہتی ہے۔ نہ جانے اُسے کیا غم ہے؟ میں نے اُسے کبھی کسی دوسری چڑیا کے ساتھ اقتصادی لڑائی لڑتے نہیں دیکھا۔ کسی چڑے کے ساتھ اٹھکھیلیاں کرتے نہیں دیکھا۔ وہ عام طور پر اپنے بچوں کی پرورش و پرداخت میں جٹی رہتی ہے اور مجھے تو وہ بالکل کوئی نیک قسم کی گھر گرہستی والی عورت معلوم ہوتی ہے — لہٰذا میں نے حکم دے رکھا ہے کہ کمرے میں سفیدی کراتے وقت بھی عمر خیام والی تصویر نہ اُتاری جائے۔ میرا خیال ہے اُس کا دکھ اس کی خاندانی شرافت ہے اور یا پھر وہ اولاد جو اُڑنا سیکھتے ہی اس کا ساتھ چھوڑ جاتی ہے اور کبھی لوٹ کر اُس کی سدھ لینے نہیں آتی — جب بھی ہمارے ریڈیو سیٹ میں میرا بائی کا بھگتی رس میں ڈوبا ہوا کوئی دردناک بھجن گایا جا رہا ہو تو یہ چڑیا فوراً گھونسلے سے نکل کر تصویر کے کنارے پر آ بیٹھتی ہے — اور پلکیں بند کر کے سننے لگتی ہے۔

مگر لکشمی کے گھونسلے والی چڑیا بے حد چنچل ہے۔ ہر وقت پھدکتی رہتی ہے۔ ایک پل چین سے نہیں بیٹھتی۔ اپنی طاقت سے کچھ زیادہ ہی بیباک ہے۔ وہ ہر وقت چڑوں یا اپنی سہیلیوں میں گھری رہتی ہے اور کئی طاقتوں کے ساتھ جارحانہ چونچیں لڑاتی رہتی ہے۔ آٹا، سبزی، کھانڈ، گھی، مٹھائی، دودھ ہر چیز پر لپکتی ہے۔ بید

چٹوری چڑیا ہے، اس لئے صحت بھی اچھی خاصی بنالی ہے۔ لنچ کرکے وہ گشت کو نکل جاتی ہے اور پھر نہ جانے کہاں کہاں کی آوارہ گردی کرکے لوٹتی ہے۔ شام کی چائے پر پھر نمودار ہوجاتی ہے۔ بلکہ اپنی کئی جان پہچان والیوں کو بھی نیوتہ دے کر ساتھ لے آتی ہے اور پھر آکر بڑا اودھم مچاتی ہے —— میری بیوی پروٹسٹ کرتی ہے "میں اس کنجری کا گھونسلہ توڑکر باہر پھینک دوں گی۔ یہ بہت سر چڑھ گئی ہے۔ کل چائے کا ایک کپ نیچے گراکر ریزہ ریزہ کر دیا کم بخت نے۔"

مگر والد صاحب کہتے ہیں "بیٹی! شرن میں آئے ہوئے جیو کو باہر نہیں نکالنا چاہیئے۔ اور پھر لکشمی دیوی کی تصویر کے پیچھے اس نے پناہ لے رکھی ہے۔ سمجھو دیوی کی شرن میں آئی ہوئی ہے۔ ہم کون ہوتے ہیں شرن دینے والے۔ جا کو رکھے سائیاں، مار نہ سکے کوئی۔"

نہ جانے پچھلے جنم میں یہ چڑیا ہماری کیا لگتی تھی؟ یا ممکن ہے بالکل نیا رشتہ استوار کررہی ہو لیکن اس کی ایک بات مجھے بے حد اچھی لگتی ہے کہ یہ کنونشن کو توڑ تاڑ کر جو جی میں آتا ہے کرتی ہے۔ حرکت اور حرارت سے بھرپور زندگی گزارتی ہے اور جب بھی آئندہ جنم میں کبھی انسان بنی تو "مادام بواری" کی طرح کسی ناول کی لافانی ہیروئن بنے گی۔

بکری

والد صاحب نے یہ بکری ایک ساربان سے لی تھی۔ ساربان کے والد نے کسی زمانہ میں ہمارے دادا صاحب سے اپنی بیوی کے کفن دفن کے لئے کچھ روپے قرض لئے تھے۔ دادا صاحب کے انتقال پُرملال کے بعد یہ قرضہ کا بہی کھاتہ والد صاحب کے ورثہ میں آگیا۔ والد صاحب انصاف پسند تھے، اس لئے انھوں نے انصاف حاصل کرنے کے لئے ساربان پر مقدمہ

کر دیا (کیونکہ ساربان کا باپ یعنی اصل مقروض چند سال پہلے قانون کی حدود پار کر چکا تھا) ساربان بھی کیونکہ انصاف پسند تھا اس لئے اس نے قرض کے بدلے اپنی بکری پیش کر دی اور والد صاحب کفن کے بجائے بکری لے آئے۔ ساربان کے گھر میں یہ واحد بکری تھی جس کا دودھ اس کے بچے پیا کرتے تھے۔ ہمارے گھر آئی تو اس کا دودھ ہمارے بچے پینے لگے —— دودھ وہی تھا صرف بچے بدل گئے۔ اس کا دودھ کس کے بچے پی رہے ہیں بکری کو اس سے کوئی غرض نہیں تھی۔ اس کے لئے دنیا کے سب بچے ایک جیسے ہوتے ہیں مگر انسانی نقطۂ نگاہ سے سب بچے ایک سے نہیں ہوتے۔ کیونکہ ایک بچے تو وہ ہوتے ہیں جو بار ٹر سسٹم میں یقین رکھتے ہیں اور کفن کے عوض بکری لے لیتے ہیں اور ایک بچے وہ ہوتے ہیں جن کی دادی کا کفن قرض میں لیا جاتا ہے —— میرا خیال ہے کہ بکری اور انسان کے نقطۂ نگاہ میں بنیادی فرق ہے اور شائد اس لئے انسان اشرف المخلوقات کہلاتا ہے اور بکری صرف مخلوقات ——

شروع شروع میں جب یہ بکری ہمارے گھر آئی تو اس کا جی نہیں لگا۔ اُسے جونہی موقع ملتا کسی نہ کسی بہانے ساربان کے گھر جا پہنچتی اور پھر ہمارے بچے اُسے کان سے گھسیٹ گھسیٹ کر اپنے گھر پکڑ لاتے۔ چند ہفتوں کی گوش مالی اور پٹائی کے بعد وہ ہم سے مانوس ہو گئی۔ شائد اسے شک پڑ گیا کہ ساربان کے ساتھ اس کے رشتہ میں کوئی خلا پیدا ہو گیا ہے اور کچھ نامناسب سے حالات نمودار ہو گئے ہیں —— اس لئے اس نے باغیانہ پالیسی ترک کر دی اور ایک وفادار فرد کی طرح ہمارے گھر میں رہنے لگی اور اس کے بعد تو جب اُسے نسبتاً بہتر خوراک ملنے لگی تو اس نے ساربان کی یاد دل سے بالکل محو کر دی ——

اگرچہ اب بھی ساربان کے بچے اسے کہیں آتے جاتے دیکھ لیتے ہیں تو وہ دوڑ

سے اشارہ کر کے کہتے ہیں "یہ ہماری بکری ہے ـــــ" مگر ایک بار ہمارے بڑے بچے نے یہ فقرہ سُن لیا اور اُس نے ساربان کے بچوں کو ایسا پھینٹا کہ اب کم از کم وہ اشارہ نہیں کرتے۔ بس دُور سے ہی چُپ چاپ بکری کو دیکھ لیتے ہیں۔

یہ بکری چھوٹے سے قد کی ہے۔ شرافت کا مجسمہ ہے۔ چُپ چاپ رہتی ہے بس کھاتی ہے پیتی ہے، سوتی ہے اور بچے دیتی ہے ـــــ یہی اس کی زندگی کا محور ہے۔ ہمارے گھر میں یہ چار بچے دے چکی ہے۔ کثرتِ اولاد سے اس کا شباب ڈھلتا جا رہا ہے۔ دودھ کم ہوتا جا رہا ہے۔ اس لئے ضعیفی کے باعث قدرے رُوحانیت پسند بھی ہو گئی ہے۔ اکثر مراقبہ میں چلی جاتی ہے ـــــ اور اسے مراقبہ میں دیکھ کر مجھے اپنی بڑی بھاوج کا خیال آجاتا ہے جو چھوٹے قد کی ہے، شریف ہے، چُپ چاپ کام کئے جاتی ہے۔ جو رُوکھی سُوکھی مل جائے کھا لیتی ہے، پانی پیتی ہے، سوتی ہے اور بچے دیتی ہے ـــــ کثرتِ اولاد سے اس کا بھی شباب ڈھل چکا ہے اور وہ بھی کئی بار بکری کی طرح مراقبہ میں چلی جاتی ہے اور اب تو وہ کئی ماہ سے باقاعدہ مندر بھی جانے لگی ہے۔

بڑے بھائی صاحب کا خیال ہے کہ بکری اب بوڑھی ہو چلی ہے اس لئے اب دان میں دے دو۔ مگر والد صاحب کا خیال ہے کہ ابھی کفن کے روپے پورے نہیں ہوئے۔ وہ تو یہاں تک کہتے ہیں کہ کفن کے روپے پورے ہوتے ہی وہ اسے ساربان کو واپس دے دیں گے۔

مجھے یہ خطرہ ہے کہ جس دن یہ بکری ساربان کے گھر چلی گئی میری بڑی بھاوج بھی گھر تیاگ کر گنگا جی چلی جائے گی۔ کیونکہ اس سنسار کا یہی دستور ہے کہ جو چیز جہاں سے آئی ہے، بالآخر وہیں واپس پہنچ جاتی ہے۔

بھینس

یہ بھینس جو آجکل ہمارے ہاں بندھی رہتی ہے، ہمارے گھر میں کیونکر داخل ہوئی۔ اس کے متعلق بزرگوں کی رائے میں اختلاف ہے۔ والدہ محترمہ کا خیال ہے کہ یہ بھینس انھیں جہیز میں ملی تھی۔ لیکن والد صاحب کا بیان ہے کہ جس دن یہ جہیز میں آئی تھی، اُسی رات اُسے ڈاکو چُرا کر لے گئے تھے اور وہ دو سو روپے ڈاکوؤں کو دے کر اُن سے چھڑا لائے تھے۔ لہٰذا یہ خریدی ہوئی چیز ہے، جہیز کی نہیں ——— اور میرا خیال ہے کہ یہ اختلافِ رائے کبھی دور نہیں ہوگا۔ کیونکہ تاریخی واقعات پر اختلافِ رائے کبھی دُور نہیں ہوا کرتے ——

گھر کے ایک کونے میں پھُونس اور لکڑی کے ایک چھپر تلے یہ بھینس بندھی رہتی ہے اور یہی بھینس کا گھر ہے۔ اور مجھے یہ چھپر بالکل کوئی سرونٹ کوارٹر سا معلوم ہوتا ہے۔ گھر میں ہو کر بھی گھر سے الگ اور یہ بھینس بھی مجھے گھر کا ایک سرونٹ معلوم ہوتی ہے۔ مگر یہ کچھ اس قسم کی سرونٹ ہے کہ ہماری خدمت کم کرتی ہے، ہم سے خدمت زیادہ کرواتی ہے۔ اسے کھلانا، پلانا، ٹہلانا، نہلانا، اس کے کوارٹر کی جھاڑ پونچھ کرنا، اُسے ہسپتال میں لے جانا، وضع حمل پر زچگی کرنا، بگڑ جائے تو بچوں کی طرح منانا —— اور اس کے بدلے میں یہ محترمہ صرف دودھ دیتی ہے۔ جن لوگوں کی یہ تھیوری ہے کہ بھینس میں عقل نہیں ہوتی وہ خود بے وقوف ہیں۔ وہ ہماری بھینس کو آکر دیکھیں جو اتنی عقلمند ہے کہ سارے گھر کو بے وقوف بنائے ہوئے ہے۔ گھر کے ہر فرد کو اس نے نوکر بنا رکھا ہے۔ مجھے تو وہ سرونٹ کی بجائے کسی صوبہ کی گورنر معلوم ہوتی ہے۔ خود تنکا تک نہیں توڑتی، سارا کام گھر کی کیبنٹ سے کرواتی ہے اور خود دستخط کر دیتی ہے کہ ...

جاؤ آج کے بجٹ میں تمہارا پانچ سیر دودھ منظور ہے" اور کبھی کبھی تو ایسی گورنری

دکھاتی ہے کہ ایک تولہ تک دودھ منظور نہیں کرتی۔ سارا دودھ تھنوں میں چڑھا لیتی ہے، ساری مشینری کو اپنے کنٹرول میں لے لیتی ہے۔ اور گھر کی پوری کیبنٹ کو برخاست کر دیتی ہے۔ --- اور کیبنٹ بمع ڈپٹی وزراء یعنی بچے منہ تکتے رہ جاتے ہیں۔

اس بھینس میں ایک بنیادی نقص یہ ہے کہ والدہ محترمہ کے علاوہ کسی اور کو دودھ دوہنے نہیں دیتی۔ کوئی دوسرا دودھ دوہنے بیٹھے تو اکڑ جاتی ہے۔ شوکتی ہے، سینگ چلاتی ہے۔ مگر والدہ کے سامنے بالکل ریشہ خطمی ہو جاتی ہے۔ اس کی چال اور آواز پر سر جھکا دیتی ہے۔ وہ موم کی بھی قائل ہے اور سنگ کی بھی۔ محبت میں صرف ایک کی ہو کر رہنا چاہتی ہے۔ اس اعتبار سے بھینس میں اور والدہ محترمہ میں کوئی فرق نہیں۔ والدہ محترمہ بھی والد صاحب کے سامنے ریشہ خطمی ہو جاتی ہیں۔ اُن کی چال اور آواز پر سر تسلیم جھکا دیتی ہیں —— بلکہ والد صاحب تو اپنی آواگون تھیوری کے مطابق کبھی کبھی والدہ کو چھیڑنے کی خاطر کہا کرتے ہیں "ننھے کی ماں! (ننھا وہ مجھے کہتے ہیں) میرا خیال ہے پچھلے جنم میں یہ بھینس تمہاری بڑی بہن تھی۔"

مگر والدہ صاحبہ اس کے جواب میں کہتی ہیں "یہ بڑی بہن تھی یا نہیں۔ مگر ایک بات صاف ہے کہ یہ بھینس واقعی مجھے جہیز میں ملی تھی۔ اس لئے یہ میری ہے جبھی تو یہ میرے سوائے کسی اور کو اپنا نہیں سمجھتی۔"

والد صاحب نے جہیز کے اس طعنہ سے تنگ آکر کئی بار ارادہ کیا کہ اس بھینس کو فروخت کر دیا جائے مگر خریدار ہمیشہ یہ کہہ کر انکار کر دیتے ہیں۔

"لالہ جی! یہ بھینس تو ایک دھیلے میں بھی کھوٹی ہے۔ سوائے آپ کی بیوی کے یہ کسی کو دودھ ہی نہیں دوہنے دیتی۔"

لَو لیٹرز

پیاری ہیلن!

کل جب تم بالکنی میں کھڑی اپنی لمبی کالی گھنی بھیگی زلفیں جھٹک جھٹک کر سکھا رہی تھیں تو مجھے شک ہے کہ تم نے مجھ پر ایک عاشقانہ نگاہ ڈالی تھی۔ میرا مطلب ہے کیا تمہیں بھی اسی قسم کا کوئی شک ہوا تھا؟

یہ خط صرف وضاحت کی خاطر لکھ رہا ہوں۔ کیونکہ یہ محبت کا معاملہ ہے۔ ممکن ہے اس میں مجھے ملازمت سے استعفیٰ دینا پڑے خودکشی کی نوبت بھی آسکتی ہے۔ (خودکشی سرداروں کو کرنا پڑے گی) اس لئے تمہاری طرف سے پوزیشن کی وضاحت چاہتا ہوں۔

میرا شبہ غلط بھی ہو سکتا ہے۔ اس لئے مشتعل مت ہو جانا۔ کیونکہ میں بڑا شریف عاشق ہوں اپنی غلطی کی اصلاح بھی کر سکتا ہوں۔ اس لئے بڑے ٹھنڈے دل و دماغ کے ساتھ جواب دینا۔

نوٹ:۔ مجھے تمہارا اصلی نام معلوم نہیں تھا۔ اس لئے ایک کامن قسم کے رومانٹک نام ہیلنؔ سے مخاطب کر رہا ہوں۔ اس سے تمہارے والد صاحب کو کبھی شبہ نہیں ہوگا کہ میری دخترِ نیک اختر کو عاشقانہ خطوط آتے ہیں (کیا وہ صاحب جو لنگڑا کے چلتے ہیں، تمہارے ہی والد صاحب ہیں؟)

تمہارا (میرا عارضی نام)
بی سی۔ ڈی

میرے "عارضی" بی۔ سی۔ ڈی
ڈھیلے سے بندھا ہوا تمہارا خط ملا۔ پڑھ کر دل دھک دھک کرنے لگا۔ رات بھر نیند نہیں آئی۔ پہلے کھٹملوں کی وجہ سے نہیں آتی تھی، اب تمہارے خط کی وجہ سے نہیں آئی۔

ہائے، مجھے یہ کہتے ہوئے کتنی شرم آتی ہے کہ میں تم سے عشق کرتی ہوں۔ بھلا لڑکیاں بھی کبھی عشق کرتی ہیں؟ بہتر یہ تھا کہ تم یہ بات میرے ڈیڈی سے پوچھ لیتے۔ کیونکہ ڈیڈی سے اجازت لئے بغیر میں کچھ نہیں کر سکتی۔ عشق تو ایک طرف ربن تک نہیں خرید سکتی۔

تمہارا خط اسی ڈھیلے کے ساتھ باندھ کر واپس بھیج رہی ہوں۔ کیا کرتی کہاں چھپا کر رکھتی۔ کیا جلا دیتی؟ بھلا پریم پتر بھی جلائے جاتے ہیں؟ تمہارا خط تمہارے پاس محفوظ رہے گا۔ آئندہ بھی ہر خط پڑھ کر اسی طرح واپس ارسال کر دیا کرونگی۔

جس وقت کارخانہ کا بھونپو بجتا ہے اُسی وقت ڈھیلے سے اپنا خط پوسٹ کیا کریں کیونکہ اس وقت ڈیڈی دفتر جا چکے ہوتے ہیں اور ممی مندر میں۔

تمہاری (اصلیا نام نہیں لکھا)
اے۔ بی۔ سی

پیاری سابقہ: بیلن حمال اے۔ بی۔ سی:
تمہارے اِن ڈائرکٹ اعترافِ محبت پر جی باغ باغ ہو گیا —— اور میں نے

بے اختیار تمہارے خط اور ڈھیلے دونوں کو چوم لیا۔ کتنی ذہین ہو تم، کتنی تجربہ کار۔ یوں لگتا ہے تمہارے پچھلے جنم کے عاشقانہ تجربات اس جنم میں کام آرہے ہیں۔

تو گویا اب یہ بات طے ہوگئی کہ ہم دونوں ایک دوسرے سے عشق کرنے ہیں۔ میرا دل بھی دھک دھک کرتا ہے، تمہارا بھی۔ نیند دونوں کی حرام ہو چکی ہے۔ یعنی ہم کھٹملوں کو پشت پیچھے چھوڑ کر آگے بڑھ گئے ہیں۔ کھٹملوں سے اگلی منزل شاید عشق کہلاتی ہے۔

جس ڈھیلے کو تمہاری نازک، ریشمی، مخروطی اور گدی گوری انگلیوں کا لمس نصیب ہو چکا ہے اُسے میں نے محفوظ کر لیا ہے۔ تم نہ سہی، تمہارا ڈھیلا ہی سہی۔

یہ تم بیچ میں اپنے ڈیڈی کو کیوں گھسیٹ لائیں؟ معاملاتِ عشق میں ڈیڈی کو "غیر جانبدار" کر دو۔ کیونکہ ڈیڈی لوگ بڑے حاسد ہوتے ہیں۔ انہوں نے دنیا کے کئی عشق برباد کئے ہیں۔ اس لئے پیاری! ڈیڈی کے بغیر عشق کرنے کی کوشش کرو —— باقی رہا ربن کا مسئلہ تو اس ڈھیلے کے ساتھ ایک نارنجی ربن باندھ کر بھیج رہا ہوں۔ میرے ڈیڈی کی ربنوں کی دُکان ہے۔ اب کم از کم ربنوں کے معاملہ میں تمہیں اپنے ڈیڈی کا محتاج نہیں ہونا پڑے گا۔

پیاری اے۔ بی۔ سی! جب سے مجھے معلوم ہوا ہے کہ تم مجھ سے محبت کرتی ہو میری حالت دگرگوں ہوگئی ہے۔ ہر وقت جی چاہتا ہے، ٹھنڈی ٹھنڈی آہیں بھروں، چھت پر بیٹھا رہوں، تارے گنتا رہوں، آنسوؤں کی جھڑی لگا دوں۔ آہ پیاری! تم نے مجھے یہ کیا کر دیا؟ میرے سینہ میں جو دل دھڑکتا تھا۔ ابھی دو دنوں سے غائب ہے، نہ جانے کہاں گیا؟ اگر تمہاری طرف آیا ہو تو اطلاع دینا۔

تم نے ڈھیلا پھینکنے کے لئے بھونپو کی کڑی شرط کیوں لگا دی ... اے کاش!

یہ بھونپو ہر وقت بجتا رہے تاکہ تمہارے والد ہر وقت دفتر میں اور ممی ہر وقت مندر میں .... (شاید میری ممی چھت پر آرہی ہیں، لہٰذا باقی پھر)

تمہارا جنم جنم کا عاشق

بی۔سی۔ڈی

میری نیند اُڑانے والے پیارے کھٹمل!

تمہارا خط ملا۔ کئی بار پڑھا۔ ایک بار غسل خانہ میں، ایک بار لیٹرین میں جاکر، ایک بار چھت پر (جب اُپلے تھاپنے گئی) اور ایک بار کھانا پکاتے پکاتے آدھا خط ۔۔۔ کیونکہ درمیان میں اچانک ممی آگئی تھی۔ زندگی میں پہلی بار مجھے ممی اچھی نہیں لگی۔

نہ صرف ممی بلکہ کچھ بھی اچھا نہیں لگتا، نہ کھانا پکانا نہ جھاڑو دینا نہ کپڑے دھونا۔ میری بالکل وہی حالت ہوگئی ہے جو لیلیٰ کی تھی۔ سنا ہے لیلیٰ بھی نہ کھانا پکاتی تھی، نہ کپڑے دھوتی تھی۔ بس ہر وقت مجنوں کے خیالات میں ڈوبی رہتی تھی۔ کل تمہارے خیال میں مجھ سے ڈیڈی کی عینک گر کر ٹوٹ گئی۔ شام کو چائے میں چینی کے بجائے نمک ڈال دیا اور چھوٹے بھائی نے ممی سے شکایت کردی کہ دیدی میں اب نمک اور چینی کی تمیز بھی نہیں رہی۔ (اور ممی نے حسبِ عادت جھڑک دیا کہ تو جس کے گھر جائے گی اُسے برباد کرے گی)۔

پیارے بی۔سی۔ڈی کیا اسے ہی عشق کہتے ہیں، کیا ڈیڈی کی عینک ٹوٹ جانے کو ہی عشق کہتے ہیں، کیا نمک اور چینی کی تمیز نہ رہنا ہی عشق ہے۔ کیا جھڑکیاں کھانا ہی عشق ہے؟ کیا چھوٹے بھائی اس لئے پیدا ہوتے ہیں کہ عشق کی شکایت کیا کریں؟ کچھ تو بتاؤ، کیا تمہاری بھی یہی حالت ہے؟

تمہارا مرسلہ ربن مل گیا۔ ہائے، کتنا خوبصورت نارنجی ربن تھا۔ مگر افسوس! وہ ممی کو پسند آگیا اور اس نے فوراً باندھ لیا۔

تمہاری ڈھیلے کی منتظر
اے۔بی۔سی

لیلیٰ جی!

کل جب تم نے ڈھیلا پھینکا تو اس کی رفتار اتنی تیز تھی کہ وہ ہماری چھت کی بجائے اگلی چھت پر جا گرا۔ بڑی غضب کی باؤلر ہو پیاری) میں دیوار پھاند کر پڑوسی کی چھت پر پہنچا (گھٹنے بری طرح چھل گئے) تو کیا دیکھتا ہوں کہ نامۂ محبت کتے کے منہ میں ہے۔ میں شیر کی طرح جھپٹا اور کتا شیر پر لپکا اور دو عاشقوں کی اس خانہ جنگی میں عاشق صادق کی فتح ہوئی۔ اگرچہ رقیب روسیاہ میرے بازو میں دانت گاڑ گیا۔ ڈاکٹر نے اینٹی سیپٹک انجکشن لگا کر پانچ روپے ہتھیا لیے۔ بسلسلۂ عشق یہ پہلا بل تھا ——— آگے آگے دیکھئے ہوتا ہے کیا؟۔

ہاں جانِ تمنا! عشق میں یہی ہوگا۔ کبھی ڈیڈی کی عینک ٹوٹ جائے گی۔ کبھی مجھے کتا کاٹ کھائے گا۔ نمک، چینی، ڈاکٹر، انجکشن، پڑوسی کی چھت، کتا ——— یہ سب محبت کے راستہ کی بھیانک چٹانیں ہیں۔ یہ چٹانیں سماج نے ابھاری ہیں۔ سماج مردہ باد! انقلاب زندہ باد!!۔ آؤ میں اور تم مل کر یہ چٹانیں کاٹ ڈالیں، زنجیریں توڑ دیں۔

لیکن آہ! صرف محبت نامے بھیجنے سے یہ زنجیریں تھوڑے ٹوٹیں گی۔ تم تو ہلتی ہی نہیں، زنجیر توڑ کر میرے پاس آجاؤ، آجاؤ! آجاؤ کہ تیرے بغیر

یہ جیون ایسا ہے، جیسے سیاہی کے بغیر پین، جیسے چوں چوں کے بغیر چڑیا۔

اے میری چوں چوں! آ اور میرے گلے میں سُر اور گیت بن کر آجا۔ کسی بہانے آجا۔ پین میں سیاہی بھرنے کے بہانے ہی ہمارے گھر آجا۔

تمہارا ہجر نصیب چڑا

بی۔سی۔ڈی

میرے غمگین چڑے!

تمہارے خط نے تو مجھے رُلا دیا۔ تم اُس وقت کہاں تھے جب میں کالج میں پڑھا کرتی تھی۔ (اور تم بھی ضرور پڑھتے ہوگے) تو ملاقات کتنی آسان ہوتی۔ آہ پیارے! ہم محبت شروع کرنے میں کچھ لیٹ ہو گئے۔ اب تو میں والدین کے پنجرے میں پڑی پھڑ پھڑا رہی ہوں۔ پنجرے سمیت باہر جاتی ہوں، پنجرے سمیت شاپنگ، پنجرے سمیت سنیما، اس پنجرے کا دروازہ اگر تھوڑا سا بھی کھلتا ہے تو لاکھوں کروڑوں آوازیں ایک دم چیخ اُٹھتی ہیں۔ "گردن مروڑ دو، ہڈیاں پیس دو، آنکھیں نکال دو۔"

بی۔سی۔ڈی! ——— ملاقات کے لئے میں بھی تڑپ رہی ہوں۔ ہمارے گھر میں پین کے لئے سیاہی کی پوری ایک کلو کی بوتل بھری رکھی ہے۔ اس لئے میں نہیں آسکتی۔ تم ہی کسی بہانے آجاؤ۔ ڈیڈی سے اخبار مانگنے ہی آجاؤ۔ اور اگر تم تین دن تک اخبار مانگنے نہ آئے تو میں خودکشی کرلوں گی (تمہارے خیال میں خودکشی کے لئے کونسا طریقہ بہتر اور آسان رہے گا؟)

اچھا سنو! تم میری بجائے پہلے ڈیڈی سے کیوں نہیں مل لیتے۔ محبت

نہ سہی، شادی ہی سہی۔ دونوں میں کوئی بہت بڑا فرق نہیں ہے ــ خود ہمت نہ ہو تو اپنے ڈیڈی کو بھیج دو۔

تمہاری ہونے والی

اے۔ بی۔ سی

ڈیڈی کی بچی!

بس تم ہندوستانی محبوباؤں میں یہ سب سے بڑا نسلی نقص ہے کہ اِدھر کسی نے اظہارِ عشق کیا اور اُدھر اُن کے من میں شادی کی شہنائیاں بجنے لگیں۔ محترمہ! میں نے عشق کیا ہے عشق! ضرورتِ رشتہ کا اشتہار نہیں دیا ہے۔ آپ کی اطلاع کے لئے عرض ہے کہ شادی کے لئے عشق کرنا ضروری نہیں ہوتا، شادی کے لئے صرف جہیز کی مقدار اور براتیوں کی تعداد دیکھی جاتی ہے۔

آہ! اگر مجھے علم ہوتا کہ تم عشق ایسے مقدس اور لافانی جذبہ کو شادی کے قبرستان میں دفن کر دو گی تو میں اپنا قیمتی وقت ضائع نہ کرتا۔ جب سے عشق شروع کیا ہے دفتر سے پانچ چھٹیاں لے چکا ہوں۔ اوور ٹائم کے پیسے ضائع کر رہا ہوں صرف اس لئے کہ کہیں تمہارا ڈھیلہ کسی کتے کے ہاتھ نہ آجائے۔

بھلا یہ بھی کوئی ممکن ہے کہ تم ملاقات کے لئے کوئی بہانہ نہیں بنا سکتیں۔ سورداس کو یاد کرو جو سانپ کو رسّی سمجھ کر محبوبہ کے گھر پہنچ گیا تھا۔ جاگو، پیاری، اُٹھو، اپنے مفلوج بازوؤں کی اُس آگ کو ہوا دو جو تمہاری والدین کی راکھ کے نیچے دبی پڑی ہے اور مجھے گوہر سنیا کے

عقب میں آکر ملو۔ جہاں ایک ٹوٹا ہوا ٹرک کھڑا رہتا ہے۔ اس ٹرک کے پیچھے کھڑے ہو کر شہر کی کئی لڑکیوں نے عشق کیا ہے۔ مگر اس ٹرک نے کبھی کسی والد یا والدہ سے جا کر شکایت نہیں کی ——

سُن لیا؟ نوٹ کر لو۔ کل دوپہر کے بارہ بجے۔ ٹرک کے پیچھے۔

تمہارا صرف عاشق

بی۔سی۔ڈی

میرے پیارے دغاباز!

کل میں آتشِ عشق کو باقاعدہ ہوا دیتی ہوئی، وصالِ یار کے نشہ میں سرشار جب عین بارہ بجے اُس ٹرک کے عقب میں پہنچی تو میرا خالص، صادق اور انقلابی (اور نہ جانے کیا کیا) عاشق موجود نہیں تھا، بلکہ کوئی اور کالجیئٹ چھوکرا، اپنی پتلون کی کریز کو بار بار درست کرتا ہوا گنڈیریاں چوسنے میں مصروف تھا۔ ایک بار تو مجھے شک ہوا کہ وہ تم ہی ہو لیکن دوسری بار شک ہوا کہ تم نہیں ہو۔ چنانچہ شبہ کا فائدہ اُٹھا کر لوٹ آئی۔ تمہیں پہلے معلوم کر لینا چاہیئے تھا کہ بارہ بجے کسی اور عاشق نے کسی اور محبوبہ کو تو ٹائم نہیں دیا۔

انتہائی افسوس ہے بی سی۔ڈی! کہ تم نے اس شریف لڑکی کو جل دیا، جو اپنے والدین کو جل دے کر تمہیں ملنے آئی تھی۔ تیز دھوپ میں میری چوٹیاں تک جل گئیں۔ میرا پاؤڈر تک اُتر گیا۔ اے بغاوت اور انقلاب کا اُپدیش دینے والے مکار! ذرا گریباں میں جھانک کر دیکھو کہ تم عشق کرنے کے اہل ہو یا جل جیرے کی دیڑھی لگانے کے۔

تمہاری نہیں ، بالکل نہیں

اے - بی - سی

میری شیریں زبان محبوبہ!

تمہاری گالیوں بھرا خط موصول ہوا۔ مجھے خود بھی شبہ تھا کہ انتہائی خوبصورت محبوبہ ہمیشہ انتہائی بے وقوف ہوتی ہے۔ اری پگلی! وہ گنڈیریاں چوسنے والا بدنصیب نوجوان یہی خاکسار ہی تھا۔ تم سچ کہتی ہو، تمہارے ایسی احمق سے محبت کرنے کی بجائے میں اگر جل جیرے کی ریڑھی لگا لیتا تو تمہارے گلابی ہونٹوں کے مقابلہ میں زیادہ بہتر طریقہ پر اپنی پیاس بجھا لیتا۔

اچھا سنو، اس خط کے ساتھ اپنا ایک فوٹو بھیج رہا ہوں۔ جواباً تم اپنا فوٹو بھیج دو۔ کیونکہ ہم دونوں ایک دوسرے کو پہچان نہیں سکے۔ زیادہ ضروری یہ تھا کہ ہم محبت کی بجائے پہلے ایک دوسرے کے فوٹو کو اپنے دل کے اہم میں جگہ دے لیتے۔ مگر ہم دور سے ہی ایک دوسرے کو دیکھتے رہے۔ کل سڑک کے قریب جتنی لڑکیاں گزریں: اُن سب کی شکل تم سے ملتی جلتی تھی۔ اس لئے شبہ کا (فائدہ نہیں) نقصان تم اکیلی نے نہیں، میں نے بھی اُٹھایا۔

کل شام کو ہفتہ بھر کے لئے بل اسٹیشن پر جا رہا ہوں۔ اپنے والد صاحب کو ٹی۔ بی ہسپتال میں داخل کراتا ہے ـــــ

تمہارا بدستور وفادار

بی۔ سی۔ ڈی

بھلے رے میرے من مندر کے دیوتا!

تم پہاڑوں کی بلند چوٹی پر سمادھی لگائے بیٹھے ہو اور میرا مندر سونا پڑا ہے۔ گزشتہ ایک ہفتہ سے پوجا کی تھالی ہاتھ میں لئے، آنسوؤں سے دیا جلائے، تمہاری آرتی اتارنے کے لئے چھت پر جاتی ہوں مگر سامنے دیوتا کی ماں کی ہیبت ناک مورتی کھڑی نظر آتی ہے اور دُور پرے، شائد پانچویں چھت پر کوئی اور مشٹنڈا میری طرف دیکھ کر مسکرا اٹھتا ہے۔ میری تھالی گر جاتی ہے۔ دیئے کی لَو کپکپا اٹھتی ہے اور پھول مالا چھوٹ کر نیچے نالی میں گر جاتی ہے۔

دیا کر اے میرے دیوتا! سمادھی توڑ دے، پہاڑ سے نیچے اُتر آ، جلدی آ۔ (نہیں تو میری منگنی ہو جائے گی۔ بات چیت چل رہی ہے)۔

نوٹ:- ایڈریس معلوم نہ ہونے کی وجہ سے خط پوسٹ نہیں کر سکی۔

تمہاری پُجارن

اے۔ بی۔ سی

میرے من مندر کی دیوی:

جب سے ہِل اسٹیشن پر آیا ہوں۔ نیند میں تمہارے سپنے دیکھتا ہوں یا ٹی۔ بی ہسپتال کے ڈاکٹروں کے ...... آہ! کل ایک زرّیں سپنا دیکھا، کہ تم ٹی۔ بی ہسپتال میں داخل ہو گئی ہو۔ اور والد صاحب والے "بیڈ" پر بیٹھی ہوئی ہو۔ میں نے پوچھا۔ "اے۔ بی۔ سی! تم یہاں کیسے؟" تم نے مسکرا کر کہا "یہ تمہارے ہجر میں مجھے ٹی۔ بی ہو گئی تھی۔ لہٰذا زنجیریں توڑ کر تمہارے

پاس چلی آئی ہے۔

میں نے کہنا چاہا " اے ۔ بی سی ! کاش ! مجھے بھی تمہاری طرح ٹی ۔ بی ہو جائے ! لیکن یہ فقرے کہنے سے پہلے والد صاحب گرجتے ہوئے آگئے ایک تھپڑ رسید کیا ۔ (ایک تمہیں بھی رسید کیا) اور مجھے ہاتھ سے پکڑ کر کھینچنے لگے۔ دوسرے ہاتھ سے تم کھینچنے لگیں اور میں دونوں کے درمیان ربڑ کی طرح پھیلتا چلا گیا ۔ یہاں تک کہ نیند کھل گئی ۔

نیند کھلتے ہی والد صاحب نے خوشخبری سنائی کہ گھر سے خط آیا ہے ، تمہاری منگنی کی بات پکی ہو گئی ہے ۔ — آہ اے ۔ بی ۔ سی ! سپنے اور حقیقت میں کتنا فرق ہوتا ہے ۔ سپنا کتنا دلفریب تھا (کیا ہوا اگر تمہیں ٹی ۔ بی ہو گئی تھی) مگر حقیقت کتنی بھونڈی ہے ۔ جب سے یہ خبر سنی ہے مجھے بلڈ پریشر ہو گیا ہے ۔

نوٹ : مڑ ڈھیلا اور رسی نہیں تھی اس لئے خط نہیں پھینکا جا سکا ۔

تمہارا بے بس

بی ۔ سی ۔ ڈی

اے میرے سنگدل بی ۔ سی ۔ ڈی

آسمان کے ستارے ، پڑوس کا بوڑھا بابا مکندا اور گلی کا پہرے دار — سب گواہ ہیں کہ میں نے تمہارے انتظار میں کتنی راتیں جاگ جاگ کر کاٹیں ۔ اور اب میری بے خوابی کا علاج کرنے کے لئے مجھے میرے ڈاکٹر ماموں کے ہاں بمبئی بھیجا جا رہا ہے ۔ حالانکہ میری بے خوابی کی دوا ہل اسٹیشن پر ملتی ہے ۔

یہ خط تمہیں ٹی ۔ بی ہسپتال کے پتہ پر بھیج رہی ہوں ۔ اگر تمہارے

بجائے تمہارے والد صاحب کے ہاتھ لگ گیا تو تمہاری قسمت۔ مگر اب مجھ سے رسک (RISK) لئے بغیر عشق نہیں ہوتا۔

مجھے شک ہے کہ بمبئی میں میری بے خوابی کا علاج نہیں کیا جائے گا۔ بلکہ میرے لئے ایک "ور" تلاش کیا جائے گا۔ لیکن بی۔سی۔ڈی ! تم میرے ہو اور کوئی ور مجھے تم سے نہیں چھین سکتا۔ میری واپسی تک مجھے اپنے دل میں جگہ دیئے رکھنا۔

انتباہ۔ اگر تم مجھ سے پہلے لوٹ آؤ تو احتیاط کرنا کہ میری چھوٹی بہن کی شکل بالکل مجھ سے ملتی جلتی ہے، کہیں میرے دھوکے میں اُسے خط نہ پھینک دینا۔

تمہاری مسافر محبوبہ

اے۔بی۔سی

او لوٹ کے آنے والی !

شکر ہے، تم بمبئی سے آگئیں۔ ورنہ تمہاری بہن نے تو نمستے کر کرکے میرے ایمان کو متزلزل کر دیا تھا۔ بالآخر آج تم نے خط پھینکا تو ایمان بچ گیا۔

لیکن ہائے پیاری ! اب ایمان بچانے سے کیا فائدہ ؟ اگلے ہفتہ میری شادی ہو رہی ہے۔ مگر میں بغاوت کا پروگرام بنا رہا ہوں۔ دعا کرو کہ شادی سے پہلے بھاگنے میں کامیاب ہو جاؤں۔ کاش ! تم بھی میرے ساتھ بھاگتیں تو فرار کا لطف دوگنا ہو جاتا۔ زادِ راہ کے لئے میں والد صاحب کی آہنی سیف سے روپے نکالنے کا طریقہ سوچ رہا ہوں۔ تم بھی کوشش کرو تو ماں کے طلائی گہنے

اُٹھا کر لاسکتی ہو۔ پھر ہم دونوں تاج محل کے عقب میں ایک جھونپڑی بنا کر رہیں گے۔

تمہارا (تا دمِ تحریر تمہارا)

بی۔ سی۔ ڈی

بی۔ سی۔ ڈی!

ماں کے طلائی گہنے مجھے نہیں مل رہے۔ کونہ کونہ چھان مارا ہے۔ ہائے میں کیا کروں، مجھے ڈر ہے کہیں تم اکیلے ہی نہ بھاگ جاؤ۔ لکھو کہ کیا گہنوں کے بغیر میں تمہارے ساتھ بھاگ سکتی ہوں؟ اس خط کو تار سمجھو۔

تمہاری

اے۔ بی۔ سی

اے۔ بی۔ سی!

مجھے خود والد صاحب کے رکھے ہوئے روپے نہیں ملے۔ اور آج شام کو میری برات جارہی ہے۔ ہائے ظالم! کم از کم میری برات میں تو شامل ہوجانا۔

تمہارا نہیں، اپنی دُلہن کا

بی۔ سی۔ ڈی

بی۔ سی۔ ڈی!

ہائے! میں تمہاری برات میں کیسے شامل ہوسکتی ہوں۔ میری اپنی برات آج شام کو آرہی ہے۔ لہٰذا گڈ بائی! الوداع! میرا آخری لولیٹر!!

تمہاری نہیں کسی اور کی

اے۔ بی۔ سی

ضرورت ہے ایک کنیّا کی

یہ اشتہار ہمیں آج سے دس سال پہلے دینا چاہیئے تھا لیکن ان دنوں ور یعنی برخوردار علمی چند "دنیا کے عظیم ہیرو" نامی کتاب پڑھنے میں مصروف تھا اور کہتا تھا "جب تک لائبریری میں یہ کتاب موجود ہے میں شادی نہیں کراؤں گا۔"

اور اب جب ہم یہ اشتہار دے رہے ہیں اس کتاب کے کئی ایڈیشن چھپ چکے ہیں۔ بلکہ لائبریری میں اس کا تازہ ترین ایڈیشن بھی موجود ہے مگر اس کے باوجود برخوردار علمی چند شادی پر آمادہ ہوگیا ہے تو اس کی وجہ یہ ہے کہ اب اسے رات کو ڈراؤنے خواب آنے لگے ہیں بلکہ کئی بار تو وہ خواب میں آسمان پر اڑتے اڑتے بحر اوقیانوس میں جا گرا ہے۔

برخوردار علمی چند کا قد ٹھگنا ہے، اس لئے وہ بلند خیالات کا مالک ہے۔ اونچے پایہ کے انسانوں میں بیٹھ کر انھیں بتاتا ہے کہ ہمارے اندر کون کون سی خامیاں ہیں علمی چند میں یہ بلند خیالی اُن دنوں پیدا ہوئی، جن دنوں فوٹو گرافروں نے یہ پراپیگنڈہ شروع کر دیا تھا کہ فوٹو کھنچواتے وقت مُسکرانا ضرور چاہیئے۔ دراصل وہ ہندوستان کی بیداری کا زمانہ تھا۔ ہر ہندوستانی کو شک گزرتا تھا کہ ہندوستان بیدار ہو رہا ہے لیکن شرم اور ڈر کے مارے کوئی

کسی کو بتاتا نہیں تھا کہ کہیں معاملہ دیگر نکلے۔ مگر علمی چند نڈر تھا۔ وہ بلا جھجک ہندوستان کی بیماری کا اظہار کردیا کرتا بلکہ اس بیماری کے سلسلہ میں یہاں تک کہہ دیتا کہ میرا باپ نہایت رذیل اور لالچی بڈھا ہے جو دوسری شادی کرواکر ہندوستان کا مستقبل تباہ کرنا چاہتا ہے۔

غرض ان دنوں علمی چند کے خیالات بے حد انقلابی تھے اور اس کی باتیں سُن سُن کر وہی لُطف آتا تھا جو شیو کرنے کے بعد رُخساروں پر ہاتھ پھیرنے سے آتا ہے۔

باوجود کوتاہ قامتی کے علمی چند ایک بااصول انسان ہے (ہے نہیں - تھا)، مثلاً اس کا فارمولا تھا کہ شادی کے بغیر تخلیقِ آدم پر حرف آتا ہو تو پھر کنیا ایسی ہونی چاہئیے جس کا قد مجھ سے ایک فٹ کم ہو — لیکن بعد کی تحقیق و تفتیش سے معلوم ہوا کہ علمی چند سے ایک فٹ چھوٹے قد کی کنیا دنیا میں نایاب ہے۔ دو چار ایسی کنیائیں دستیاب ضرور ہوئی تھیں۔ لیکن بقول علمی چند وہ "پرسنیلٹی" سے محروم تھیں۔ حُسن کے ان اُصولوں پر پوری نہیں اُترتی تھیں، جس کا ذکر شاستروں اور وید منتروں میں آیا ہے۔

مگر اب علمی چند کا اصول ہے کہ اصول نسبتاً لچکیلے ہونے چاہئیں۔ جن شاستروں اور وید منتروں میں علمی چند کے قد کا ذکر نہیں آیا وہ ماڈرن سوشل سائنس کے تقاضوں پر پورے نہیں اُترتے۔ اس لئے ماڈرن سوشل سائنس کی روشنی میں ہم ایسی کنیا بھی قبول کرلیں گے جس کا قد علمی چند کے قد کے برابر ہو۔ اس سے کم یا زیادہ نہیں ہونا چاہئیے، کیونکہ اصول کو اتنا زیادہ لچکیلا نہیں بنایا جاسکتا۔

شادی کے متعلق برخوردار علمی چند کے کچھ اور اصول بھی تھے جو آگے

یوں مرغوب تھے، جیسے اُسے اپنی تصویر کا پُرانا فریم اور جامع مسجد کے کباب مرغوب تھے۔ لیکن جب مارکیٹ میں جدید ڈیزائن کے خوبصورت فریم آگئے اور جامع مسجد کے کباب مہنگے ہو گئے تو علمی چند رو دیا۔ اور اس کے آنسوؤں میں تمام اصول دھندلا گئے۔ اب آج صرف اُن کی یاد باقی ہے، اُن کی دُھند باقی ہے، اُن کی فغاں باقی ہے اور فغاں کا کوئی اصول نہیں ہوتا۔

اشتہار دیتے وقت علمی چند چالیس کے پیٹے میں ہے۔ اُس کے کچھ بال سفید ہو چکے ہیں اور کچھ بال اُڑ چکے ہیں۔ جونہی اس کی کوئی محبوبہ اپنی شادی کر لیتی، علمی چند کے کچھ بال یا تو اُڑ جاتے یا سفید ہو جاتے۔ اور اب اس کے اندر ایک ایسی فسردگی آچکی ہے جیسے شادی کے دس سال بعد کسی خاوند میں آجاتی ہے۔ خاوند کی سی فسردگی پا کر اب وہ خاوند بھی بن جانا چاہتا ہے اور چاہتا ہے کہ اب جس کنیا سے بیاہ کرے وہ کم از کم اس کی حسرتوں کی داد ضرور دے۔ وہ کم از کم یہ ضرور محسوس کرے کہ اس قبر کے نیچے کتنا عظیم الشان مردہ دفن ہے۔

علمی چند تعلیم یافتہ آدمی ہے اور ایم۔اے میں دو مرتبہ فیل ہو چکا ہے۔ ایک مرتبہ تو وہ اس لئے فیل ہو گیا تھا کیونکہ وہ اپنی ایک کلاس فیلو لڑکی سے رومانس کر رہا تھا۔ فیل ہونے کی وجہ بعد میں صحیح نہیں نکلی۔ کیونکہ وہ لڑکی ایم۔اے میں پاس ہو گئی تھی۔ یہ نہیں ہوتا۔ کہ ممتحن ایک کو فیل کر دے اور دوسرے کو پاس۔ محبت سچی ہو تو اس کے اثرات یکساں ہوتے ہیں —— لیکن علمی چند کا بیان ہے کہ وہ لڑکی چونکہ بیوہ تھی، اس لئے دُور اندیش تھی۔ اور وہ بیک وقت محبت بھی کرتی تھی اور پڑھائی بھی —— بہر کیف کچھ بھی تھا علمی چند

اپنے فاقی عشق کے زرّیں، انقلابی اصول پر عمل نہ کرسکا۔ اور بالآخر صرف دو فقروں کا تبادلہ ہوا اور محبت ٹوٹ گئی۔

"ڈیر شوبھا! کچھ دنوں سے تمہارا رویّہ محبوبانہ نہیں رہا۔"

"ڈیر علمی! محبوبیت ہم دونوں میں شاید تھی بھی نہیں۔"

اور برخوردار علمی چند دوسری مرتبہ اس لئے فیل ہوگئے تھے، کیونکہ اس بار بہت سے اور لڑکے بھی فیل ہوگئے تھے۔ مگر کنبہ نے اُس کے دوسری بار فیل ہونے کو زیادہ اہمیت نہیں دی۔ بلکہ صرف اتنا کہا کہ اب علمی چند کو شادی اور ایم۔ اے کے امتحان دونوں میں سے ایک چیز کا فوری انتخاب کر لینا چاہیئے۔

برخوردار علمی چند ایک بظاہر کھاتے پیتے گھرانے کا چشم و چراغ ہے۔ (گھر میں دو چراغ اور بھی ہیں) اُس کے والد صاحب جناب فاضل چند جی جن سے برخوردار علمی چند کو شدید نفرت ہے، سوسائٹی کے معزز فرد ہیں اور اُن کی بیوی اُن کے سامنے بچوں کی طرح کانپتی ہے۔ کانپنے کی ایک وجہ یہ ہے کہ فاضل چند جی کے پاس پچاس ہزار روپے کی جائداد ہے اور جائداد کے تلذذ سے نہ بیٹا محروم رہنا چاہتا ہے نہ ماں۔ اس لئے دونوں فاضل چند جی کے ستم سہتے ہیں اور دبک کر رہتے ہیں۔ ایک مرتبہ کا ذکر ہے کہ علمی چند نے ایک صاحب کو اپنے والد کے ہاں بھیجا تاکہ اُن سے ایک لڑکی (محبوبہ) کے رشتہ کی بات چیت چلائے۔ مگر فاضل چند جی نے اُن صاحب کو جھڑک کر کہا تھا "علمی چند نام کا کوئی لڑکا میرے گھر میں نہیں رہتا۔ بھاگ جایئے ...."

چنانچہ علمی چند کے کیریکٹر کی تعمیر و تخریب میں باپ کی سخت گیری اور ماں کی مظلوم نرمی دونوں کا ہاتھ ہے۔ فاضل چند جی اُسے گالیاں دیتے ہیں اور ماں روپے۔ اگر سوسائٹی میں فاضل چند جی کی عزت نہ ہوتی تو وہ ماں بیٹا

دونوں کو خانہ بدر کر دیتے۔ مگر سوسائٹی اپنے کسی عزت دار آدمی کو ایسا نہیں کرنے دیتی ۔۔۔۔ لہٰذا فاضل چند جی مجبور ہیں کہ وہ علمی چند کی نفرت کے باوجود اُسے ہی جائداد کا وارث بنائیں۔ فاضل چند جی اتنے بے وقوف نہیں ہیں کہ صرف بیٹے سے نفرت کی خاطر اپنی جائداد کسی دھارمک سنستھا کو دان میں دے دیں۔

لہٰذا جس کنیا سے علمی چند کا بیاہ ہوگا وہ ایک صاحب جائداد خاوند کی بیوی کہلائے گی۔ کیونکہ علمی چند اب اپنے انقلابی خیالات کی اُس منزل پر پہنچ چکا ہے کہ وہ اپنے باپ کی پچاس ہزار روپے کی جائداد کو ٹھکرائے گا نہیں بلکہ یوں قبول کرے گا، جیسے رام بن باس کے وقت بھرت نے ایودھیا کی گدی قبول کر لی تھی۔

اس جائداد کے علاوہ اگر کنیا چاہے تو گھر سے جہیز لاکر اس میں اضافہ بھی کرسکتی ہے۔ اگرچہ علمی چند جہیز کا قائل نہیں ہے۔ لیکن اگر کنیا کی شکل وصورت اچھی ہو تو وہ جہیز لانے میں بھی برائی نہیں سمجھتا۔ البتہ اس کے والد فاضل چند جی کا خیال ہے کہ جہیز کا تعلق حُسن سے نہیں، عزت سے ہے۔ وہ کہتے ہیں کہ حسین بہو کو بھی جہیز لانا چاہیئے۔ کیونکہ بہو کے ہونٹ چاہے کتنے ہی گلابی کیوں نہ ہوں، اگر جہیز نہیں لائے گی تو ان ہونٹوں پر کوئی بوسۂ محبت ثبت نہیں کرنا چاہیئے۔

بہرکیف ہمیں ایک ایسی کنیا کی ضرورت ہے جو فاضل چند اور علمی چند دونوں کے خیالات کا نچوڑ ہو۔ اور اگر کوئی ایسی کنیا مادرِ گیتی نے پیدا نہیں کی، تو کوئی ایسی کنیا بھی قبول کر لی جائے گی جو علمی چند کی طرح یادِ محبوب میں ابھی تک کنواری بیٹھی ہو۔

برخوردار علمی چند کا معیارِ حُسن کیا ہے؟ اس کے متعلق علمی چند اپنے آپ سے اختلافِ رائے رکھتا ہے۔ مثلاً وہ بڑی بڑی غلافی آنکھوں کو پسند کرتا ہے لیکن غلافی آنکھوں والی لڑکی کی کمر موٹی نہیں ہونی چاہیئے۔ کیونکہ پتلی کمر پر علمی چند کو کئی شعر بہت زیادہ پسند ہیں۔ لیکن فطرت کسی کی شادی کے حساب سے تو کمر نہیں بناتی۔ فطرت تو ڈکٹیٹر ہے، سوشل ریفارمر نہیں ہے کہ غلافی آنکھوں اور کمر میں ترمیم و تنسیخ کر کے سماجی بُرائیاں دور کرتی رہے —— لہٰذا علمی چند فطرت اور موٹی کمر دونوں سے نالاں ہے۔

دوسری طرف —— علمی چند چاہتا ہے کہ لڑکی شرمیلی ہو اور جب بات کرے تو اس کے خوبصورت ہونٹ فرطِ حیا سے تھرتھرانے لگیں۔ لیکن فرطِ حیا والے کئی ہونٹ علمی چند نے دیکھے ہیں کہ فلسفہ اور دینیات پر بحث نہیں کر سکتے۔ لڑکی ایک فقرہ بولتی ہے تو ہزار بار ساڑھی کا پلو چباتی ہے۔ ایک بار علمی چند نے اپنی ایک محبوبہ سے کہا تھا "نیلی! فلسفی سپائی نوزا کی اخلاقیات سے مجھے بہت چڑ ہے۔ اس شخص کی بغاوت میں سے ایک بچے کی بُو آتی ہے —— تمہارا کیا خیال ہے؟"

اور نیلم نے فرطِ حیا سے ہونٹ تھرتھرا کر کہا تھا "مجھے خود بچے پسند نہیں ہیں۔ شادی کا مطلب بچے بالکل نہیں ہیں ڈیر!"

مگر علمی چند ابھی تک ہندوستان کے تھرتھراتے ہوئے ہونٹوں سے پوری طرح مایوس نہیں ہوا۔ اُس کا خیال ہے کہ فطرت ایک نہ ایک دن سپائی نوزا اور تھرتھراتے ہونٹوں کو ضرور یکجا کر دے گی۔ لیکن فی الحال وہ کسی بھی ایسی لڑکی سے بیاہ کر لے گا جس کے صرف ہونٹ ہی تھرتھراتے ہوں۔ سپائی نوزا کا پارٹ وہ خود ادا کر لے گا۔

لڑکی تعلیم یافتہ ہونی چاہئے یا نہیں اور اگر ہونی چاہیئے تو کس حد تک؛ اس کے متعلق ہماری کوئی آزادانہ رائے نہیں ہے۔ سماج کی رائے ہی ہماری رائے ہے۔ اور سماج کی کیا رائے ہے، اس پر سماج میں بھی اختلاف رائے ہے۔ علمی چند کہتا ہے کہ جو لڑکی غالب کا شعر صحیح صحیح پڑھ سکے مگر سمجھ نہ سکے وہ مجھے پسند ہے۔ مگر علمی چند کی ماں کہتی ہے کہ جو بہو خاوند کی قمیص کے بٹن ٹانک سکے بڑی سوشیل کنیا ہے۔ اور اگر غالب کے اشعار میں بٹن ٹانکنے کی تعلیم دی گئی ہے تو مجھے زیادہ خوشی ہوگی۔ مگر محترم فاضل چند جی کا خیال ہے کہ کنیا کو اتنی تعلیم ہرگز نہ دلائی جائے کہ کسی بھی وقت دفتر میں نوکری کر لینے کی دھمکی دینے لگے۔

بہر کیف اس بات پر سارا سماج متفق ہے کہ کنیا اپنے ور سے کم تعلیم یافتہ ہو تاکہ گھر میں امن قائم رہے۔ حد سے زیادہ تعلیم مہلک ہے اور ایسے مہلک امراض پیدا کرتی ہے، جن کا بعد میں علاج ممکن نہیں۔ اس لئے کم تعلیم ہی بہتر ہے۔ علاج سے پرہیز بہتر ہے۔

البتہ اگر کنیا خوبصورت ہو، سڈول ہو اور پڈنگ بھی اچھا بنا سکتی ہو، تو یہ ضروری نہیں کہ وہ غالب کے اشعار بھی پڑھ سکے۔ ایسی صورت میں غالب والی شرط اٹھائی جا سکتی ہے۔ کیونکہ غالب تو دراصل پڈنگ کا نعم البدل ہے۔

اس کے علاوہ ہم کنیا کے لئے چند عام فہم شرطیں بھی عرض کرنا چاہتے ہیں۔ ایسی شرطیں، جن کے بغیر کوئی بیوی، بیوی نہیں کہلاتی، خاوند لگتی ہے۔ مثلاً سگھڑ ہو۔ یعنی ٹوتھ پیسٹ ہمیشہ اپنی مقررہ جگہ پر رکھا ہوا مل جائے، نہ کہ چوہوں کے بل سے برآمد کرنا پڑے۔ وفا شعار ہو یعنی اگر خاوند

کے سر میں درد ہو تو بیوی کا معدہ خراب ہو جائے۔ پڑوسنوں سے ڈپلومیٹک تعلقات رکھے، کیونکہ ان سے کئی بار آٹا اور کوئلہ عاریتاً لینا پڑتا ہے۔ کفایت شعار ہو مگر خاوند کے اخراجات پر اعتراض نہ کرے کیونکہ خاوند لوگ بڑے ذکی الحس ہوتے ہیں اور شدتِ جذبات میں گھر آنا ہی چھوڑ دیتے ہیں اور برخوردار علمی چند تو اتنا حساس ہے کہ شائد ترکِ وطن ہی کر جائے۔

کھانا نہایت نفیس پکا سکتی ہو۔ اگرچہ گھر میں عام طور پر دال بھاجی ہی پکے گی۔ مگر مغل شہنشاہوں کے باورچی دال میں بھی کمال کر دکھاتے تھے۔ کپڑے دھو سکتی ہو، کبھی کبھی گنگنا بھی سکتی ہو۔ سہیلیوں میں بیٹھ کر علمی چند کی مقبولیت کی ہوا باندھ سکتی ہو، فلم دیکھ کر علمی چند سے رومانس کر سکے، جیسے سنگترے کی پھانکیں چھیل کر منہ میں دینا اور اس کے سر کے سفید بال نہایت پیار سے نکالنا اور محبوبانہ عشوہ سے کہنا "جاؤ بھی ہمیں یہ بال اچھے نہیں لگتے"۔

اشتہار ختم کرنے سے پہلے ہم ایک آخری استدعا کرنا چاہتے ہیں کہ متذکرہ بالا تمام تشریحات اور شرائط صرف علمی چند کے پس منظر کے طور پر دی گئی ہیں، اس لئے کنیا کے والدین انھیں نظر انداز بھی کر سکتے ہیں۔ کیونکہ یہ اشتہار خلوصِ نیّت سے دیا گیا ہے۔ یعنی ہم واقعی علمی چند کی کہیں نہ کہیں شادی کر دینا چاہتے ہیں۔ کیونکہ علمی چند کی اب یہ حالت ہو گئی ہے جیسے کوئی آدمی دن بھر کرسی میں بیٹھے بیٹھے اُوب گیا ہو۔ علمی چند کے پاس جو کچھ اپنا تھا وہ اس کا صرف پس منظر تھا۔ اور اب اس کے پاس اپنا کچھ نہیں رہا۔ جو کچھ باقی ہے؛ سماج کا ہے۔ علمی چند کے تمام خیالات اپنے

ڈیمینس پہ پہنچ چکے ہیں۔ اور اب وہ بالکل شانت ہے، یہ خیالات اس کے دشمن تھے اور اب یوں لگتا ہے جیسے کوئی اپنے دشمن کو قتل کرکے اُس کی لاش پہ بیٹھا سسکیاں بھرتے بھرتے سو گیا ہو۔

اِس لئے موجودہ صورتِ حالات میں ہمیں ایک ایسی کنیا چاہیئے جو صرف کنیا ہو۔ کنیا ہونا ہی کافی ہے۔ باقی تمام باتیں خلفشار ہیں ـــــ لڑکی جب گھر آئے گی تو بالکل اُسی طرح گھر میں ڈھل جائے گی، جیسے آج تک ہندوستان کی ہر لڑکی ڈھلتی چلی آئی ہے۔ اور اگر اشتہار میں کسی کو ہماری مردانہ نخوت کی بُو آئے تو اُسے صرف اشتہار کی ڈرافٹنگ کا نقص سمجھنا چاہیئے اور کچھ نہیں۔

●

فارم مردم شماری

اِس بار مردم شماری کمشنر کا رویہ زیادہ سخت ہے۔ اُس نے مردم شماری کے جو فارم تقسیم کئے ہیں اس میں خانے زیادہ ہیں اور بہت کھُلے کھُلے ہیں اور ساتھ ہی ہدایت کی ہے کہ انہیں دیانتداری سے پُر کیا جائے۔

خانوں کی زیادہ تعداد پر شک پڑتا ہے کہ اس بار مردم شماری کمشنر بندوں کو گِننا بھی چاہتے ہیں اور تولنا بھی۔ کیونکہ انھوں نے تفصیلات بھی مانگی ہیں۔ مقصد یہ ہے کہ مردم شماری کے ذریعہ موجودہ قومی تمدن کی سچی اور مکمل تصویر سامنے آجائے۔

چنانچہ اس تصویر میں، میں نے جوابات کے لئے جو رنگ بھرے ہیں وہ خانہ واریوں ہیں:۔

تاریخ پیدائش :۔ کچھ صحیح نہیں۔ والد صاحب کچھ کہتے ہیں، والدہ کچھ کہتی ہیں، اسکول کے سرٹیفکٹ میں کچھ درج ہے۔ ہیلتھ سروسز کی جس نرس نے دایہ گیری کی تھی، وہ ہسپتال کے کلرک عاشق کے ساتھ بھاگ گئی اور رجسٹر پیدائش بچگان سنہ ۱۹۱۸ء چُرا کر ساتھ لے گئی۔ پنڈت دھر دھر دھریندر شاستری نے زائچہ تیار کیا تھا جو بعد میں انتہائی غلط نکلا۔ اس لئے مجھے اس کی تحریر کردہ تاریخ پیدائش پر اعتبار نہیں۔ مثلاً زائچہ میں اُس نے میرے دھن دولت کے

خانہ میں شکر ستارا بیٹھا ہوا تھا جس کا مطلب ہے بچہ دھناڈھ ہے لیکن زندگی بھر مجھے ایک اچھا پین تک نصیب نہ ہوا، بلکہ عمر بھر سنیچر سوار رہا۔ لیکن پنڈت بھودھر دھرندھر کا بیان ہے کہ آپ کے والد صاحب نے میرے ساتھ دھوکا کیا تھا اور پانچ روپے کا وعدہ کر کے پانچ آنے فیس دی تھی۔ اس لئے صرف پانچ آنے میں شکر ستارا زیادہ دیر تک خانہ میں نہیں ٹھہر سکتا تھا۔

جس دن پیدا ہوا اُسی دن والد صاحب جُوا کھیلنے کے جُرم میں گرفتار ہو گئے۔ چنانچہ وہی تاریخ پولیس کے ضمنی رجسٹر میں سے دیکھی جا سکتی ہے لیکن یہ ایک نامناسب بات ہے۔ کیونکہ اس رجسٹر سے ایک تلخ واقعہ وابستہ ہے۔

نام :۔ خاندانی پنڈت نے دھن راشی نکال کر "فقیرا" نام رکھا۔ مگر نانی نے منت مانگی تھی کہ اب کے دو بیٹا ہو یا دو بیٹی، اس کا نام گلاب رکھوں گی۔ چنانچہ فقیرا اور گلاب دونوں شانہ بشانہ چلتے رہے، لیکن اچانک گلاب کا لفظ "گگی" میں بدلنے لگا اور فقیرا آہستہ آہستہ معدوم ہونے لگا۔ اور — مجبوراً اسکول میں گگی پرشاد لکھوایا گیا۔ بڑا ہو کر لوگ تعظیماً گگی بابو کہنے لگے۔ گھر کے باہر نام کی تختی پی۔ جی۔ بی۔ بھاٹیہ لکھوا رکھا تھا۔ کالج لائف میں مس چاند سے قدرے عشق ہوا تو میں شاعر بن گیا اور چاند تخلص اختیار کیا اور ہجر و وصال دونوں پر نظمیں لکھیں۔ ان دنوں لوگ "حضرتِ چاند" کہہ کر نوازا کرتے تھے مس چاند نے بیاہ کر لیا تو شاعری اور تخلص دونوں چھوڑ گئے۔

میری بیوی مجھے پیار سے "سنو جی" کہہ کر پکارتی ہے اور یہ نام بھی مجھے کچھ غلط معلوم نہیں ہوتا۔

ولدیت :۔ والد صاحب کے نام کے بارے میں پوزیشن یہ ہے کہ وہ بڑے غصیلے اور سخت گیر انسان تھے۔ اس لئے لوگ خوف کے مارے انھیں

لالہ جی" کہہ کر بُلاتے تھے۔ ایک بار ایک پٹواری نے انھیں اصلی نام سے بُلایا تھا تو پٹواری پر انھیں اتنا طیش آیا کہ اس کی مرمت کو پتھر مار کر ہلاک کر دیا۔ آخری عمر میں بہرے ہو گئے تھے۔ اس لئے نہ اصلی نام سن سکتے تھے نہ نقلی۔

قوتِ سماعت کے بعد جب قوتِ بینائی بھی کھو بیٹھے تو انھوں نے انتقال مناسب سمجھا۔ انتقال کے بعد اُن کے قرض خواہوں نے مقدمہ میں اُن کے اصلی نام کا انکشاف کیا۔ لیکن اب فضول تھا۔ کیونکہ ان کے بعد ایک مقروض باپ کا نام لیتے ہوئے حیا آنے لگی۔

ذات :۔ ذات بھاٹیہ۔ سُنا ہے آبا و اجداد راجپوت تھے اور پانچ ہزار برس پہلے راجستھان سے بھاگ کر یہاں آن بسے تھے۔ بھاگنے کی وجہ کوئی نہیں بتاتا، سبھی شرماتے ہیں۔ ایک روایت یہ بھی ہے کہ سلسلۂ نسب بھگوان کرشن سے ملتا ہے۔ بھگوان کرشن مکھن کھاتے تھے، ہم بناسپتی کھاتے ہیں۔ اس لئے یہ روایت بھی کچھ غیر تاریخی اور پُر تکلف معلوم ہوتی ہے۔ سرکاری کاغذات میں بھاٹیہ کے ساتھ بریکٹ میں لفظ (راجپوت) لکھوایا کرتا ہوں۔ آج کل کے زمانے میں شجاعت بریکٹ ہی میں دکھائی جا سکتی ہے۔ اگلے زمانے کے راجپوتوں کی بات اور تھی۔

ایک بزرگ کا خیال ہے کہ ہماری ذات اصل کشمیری ہے اور ہم بھاٹیہ نہیں ہیں، بلکہ کشمیری بھٹ ہیں۔ کئی بزرگ ہمیں بھاٹیہ کی بجائے بھاٹ قرار دیتے ہیں اور کہتے ہیں کہ ہم موسیقی اور شاعری میں یکتا تھے اور راجہ دربار میں ہماری بڑی قدر و منزلت تھی۔ مگر مجھے اس قدر و منزلت کے باوجود بھاٹ کے مقابلہ پہ راجپوت کا لفظ زیادہ بہتر لگتا ہے۔ بھاٹ اور بھاٹیہ میں جو صوتی مناسبت ہے وہ گمراہ کن ہے۔ صرف صوتی مناسبت کی خاطر کون اپنا

مرتبہ گراتا ہے۔

عمر:۔ تاریخ پیدائش میں کنفیوژن کے باعث صحیح صحیح عمر بتانا ناممکن ہے۔ البتہ گزشتہ ہفتہ ڈاکٹر نے بینائی ٹیسٹ کرتے ہوئے کہا۔ "عینک کا نمبر بدلوانا پڑے گا۔ کیونکہ معلوم ہوتا ہے کہ عمر چالیس کے پیٹے میں آ پہنچ چکی ہے"!

پامسٹری کے ایک ماہر نے کہا تھا کہ چالیسویں سال میں پہنچتے ہی تم ایک دم مشہور ہو جاؤ گے۔ چنانچہ پرسوں ایک غنڈے نے نل پر باری سے پانی بھرنے کے جرم میں مجھے اتنا پیٹا کہ میری ناک کی ہڈی اور ایک دانت ٹوٹ گئے اور دوسرے دن جلی سرخیوں کے ساتھ اخبار میں خبر چھپ گئی اور میں ایک دم مشہور ہو گیا۔

لہٰذا عمر چالیس ہی سمجھی جائے۔ لیکن ذہنی طور پر اسّی برس کا ہو چکا ہوں کیونکہ چرکے بہت زیادہ کھائے ہیں۔

شادی شدہ یا کنوارا:۔ شادی شدہ ہی سمجھئے۔ کیونکہ بیوی کی صریحاً موجودگی میں مجالِ انکار نہیں۔ "شادی شدگی" کا ایک اور ثبوت یہ بھی ہے کہ شادی کے بعد سے میرا ذہنی ارتقاء رُک چکا ہے۔ مثلاً گزشتہ سال میں نے جیل جانا چاہا کیونکہ اس کے بعد مجھے ایک سیاسی پارٹی کی لیڈر شپ کی پیش کش ہو رہی تھی۔ لیکن میرے ایک بچّہ نے کہا کہ میرے سالانہ امتحانات نزدیک ہیں اس لئے آپ فی الحال جیل مت جائیے۔ امتحانات کے بعد چلے جایئے گا۔ چنانچہ بچہ کے مستقبل کی خاطر میں نے اپنا مستقبل خراب کر لیا (حالانکہ اس کے باوجود بچہ فیل ہو گیا)

شادی کے بعد میرا خانہ آباد ہو گیا۔ نہ صرف بیوی سے بلکہ اور چیزوں

سے بھی مثلاً بیوی کے فوراً بعد بچوں سے، اس کے بعد چوہوں سے، کیلنڈروں سے، چارپائیوں سے، مہمانوں سے، الگنیوں سے، ساڑھیوں سے اور ان سب کے لب لباب یعنی نت نئے بلوں سے۔

سوچتا ہوں اگر میری شادی نہ ہوتی تو بیچاری یہ سب چیزیں کہاں جاتیں، کہاں ٹھکانہ کرتیں۔

دراصل "شادی شدگی" نے مجھے ہر چیز سے ہمدردی کرنا سکھا دیا ہے۔ لیکن کبھی کبھی جب رات گہری ہو جاتی ہے۔ سارا کنبہ خوابِ استراحت میں محو ہوتا ہے، تو میں نیند کو آوازیں لگا رہا ہوں پر وہ نہیں آتی۔ چنانچہ مجھ پر ایک بار پھر کنوارا بننے کی دھن سوار ہو جاتی ہے اور میں گوتم بدھ کے نقش قدم پر اٹھتا ہوں، سارے کنبہ پر ایک نظر ڈالتا ہوں، سلیپر پہنتا ہوں اور راہِ فرار پر ابھی دو ہی قدم چلتا ہوں کہ بیوی کی آواز آتی ہے۔ "نیند نہیں آرہی نا؟ یہ سب مچھروں کی کارستانی ہے۔ اس بار تنخواہ پر مچھردانی ضرور لے آؤں گی۔"

میں اُسے یہ نہیں بتا سکتا کہ مجھے کون سے مچھر کاٹ رہے ہیں۔ بلکہ چُپ چاپ چارپائی پر دوبارہ لیٹ جاتا ہوں اور سوچنے لگتا ہوں کہ نیند بیوی کو بھی نہیں آرہی۔ جب کہ گوتم بدھ کی بیوی کو نیند آجایا کرتی تھی اس لئے مجھے دانیاں دو ہی لانا چاہئیں۔ کیونکہ ایک مچھر دانی سے کام چل جاتا تو کیا میں گوتم بدھ نہ بن چکا ہوتا۔

آمدنی:۔ پامسٹری کے ایک عالم کا قول ہے کہ میری ماہانہ آمدنی ایک ہزار روپیہ ہے لیکن معلوم ہوتا ہے۔ جوتشی نرکھدنے ہاتھ میرا دیکھا، آمدنی کسی اور کی بتا دی۔ جس دن اس نے ایک ہزار روپیہ آمدنی کی پیشن گوئی کی تھی اسی

دن میں نے سیونگ بینک میں سے ایک سو روپیہ نکلوا کر غریبوں اور محتاجوں کو بھوجن کھلا دیا تھا! لیکن اس کے بعد نہ تو جیوتشی ہاتھ آیا نہ ایک ہزار روپیہ۔ سیونگ بینک میں سے جو ایک سو روپیہ نکلوایا تھا وہ آج تک دوبارہ جمع نہیں ہو سکا۔ البتہ دو برس پہلے ایک حادثہ ضرور ہوا تھا جب واقعی مجھے ایک ہزار روپے کی آمدنی ہوئی تھی، لیکن بعد میں گورنمنٹ نے وارنٹ گرفتاری بھیج کر مجھ سے وہ ایک ہزار روپیہ مع سود واپس وصول کر لیا۔ کیونکہ وہ روپیہ میں نے گورنمنٹ سے قرض لیا تھا۔

غرض میری آمدنی اتنی ہی ہے جتنی ہونی چاہیئے۔ بچپن میں ایک کہانی پڑھی تھی کہ ایک لالچی آدمی جس چیز کو بھی ہاتھ لگاتا، سونے کی ڈلی بن جاتی حتّٰی کہ پانی بھی سونے کی سل بن گیا تھا۔ اس کہانی کا مجھ پر اتنا زیادہ اثر ہوا کہ اب میں اگر پانی کو ہاتھ لگاؤں تو پانی ہی رہتا ہے مئے دوشیزہ نہیں بن جاتا۔ اس کہانی نے میرا کیریکٹر بلند کر دیا اور میری اتنی زیادہ تعریف ہونے لگی کہ میں نے خود بھی کیریکٹر کی بلندی پر کہانیاں لکھنی شروع کر دیں۔ ان کہانیوں کو جس نے بھی ہاتھ لگایا سونا بن گئی۔

یہی وجہ ہے کہ میں آمدنی کو ہاتھ کا میل سمجھتا ہوں۔ مگر چونکہ حفظانِ صحت کا قائل ہوں، اس لئے ہاتھ پر بہت کم میل رکھتا ہوں اور مہینہ کے آخر میں تو ہاتھ اتنا صاف ستھرا اور شفاف ہو جاتا ہے کہ چوم لینے کو جی چاہتا ہے۔

مکانیت:- آباؤ اجداد کے پاس ایک مکان تھا۔ والدہ محترمہ نے جب انتقال فرمایا تو قسم کھا کر کہا تھا کہ مکان واقعی تھا مگر میں نے اس مکان کو کبھی اپنا مکان نہیں سمجھا۔ کیونکہ والد صاحب اور چچا صاحب میں اکثر یہ گفتگو بطرز "میں میں تو تو" رہتی تھی کہ مکان کس کا ہے، والد صاحب کا یا چچا صاحب

کا۔ اور والد اور چچا تیرہ سال تک، جب کسی فیصلہ پر نہ پہنچ سکے تو میں مکان چھوڑ کر گھر سے بھاگ گیا اور دوبارہ وہاں کبھی قدم نہ رکھا۔

کیونکہ خیالات باغیانہ تھے اس لئے تیرہ برس سے سولہ برس تک فٹ پاتھوں پر بسیرا کیا۔ بعد میں قدرے خودداری پیدا ہونے لگی تو ایک دوست کے موٹر گیراج میں رہنے لگا۔ ایک بار پبلک ریلیشنز کمیٹی نے بے گھر بھکاریوں کے لئے "رین بسیرا" آشرم تعمیر کروایا تو میں وہاں اُٹھ آیا۔

یہاں کا ایک کمرہ پچیس بھکاریوں کی آماجگاہ تھا۔ انسانیت کی یہ تذلیل دیکھ کر سخت غصہ آتا تھا (کیونکہ خیالات بدستور باغیانہ تھے) لہٰذا ایک دفعہ کمیٹی کے چیئرمین سے جھڑپ ہوگئی اور مجھے امنِ عامہ میں خلل ڈالنے کے جرم میں آشرم سے نکال دیا گیا۔ اس وقت سے جذبۂ خودی کے تحت مکان کرائے پر لینا شروع کر دیا۔ چالیس برس کی عمر تک یہ جذبۂ خودی کام کرتا رہا۔ اور کرائے کے بیسوں مکانات مجھے اپنی پناہ میں لیتے رہے۔ اس دوران میں ایک مکان تو ایسا بھی کرائے پر لیا تھا جس میں بندر رہتے تھے۔ میرے آنے کے بعد مجھ میں اور بندروں میں مہینہ بھر "سول وار" رہی۔ لیکن بالآخر دونوں فریقین میں پُرامن سمجھوتہ ہوگیا۔ یعنی بندر صبح و شام کا کھانا ہمارے ہاں تناول فرماتے۔ اور باقی وقت گھر سے باہر گزارتے۔ مگر ان میں سے ایک بندر انتہائی سرکش اور کینہ دوز تھا۔ آخری وقت تک اس نے سول وار جاری رکھی۔ یعنی موقع ملتے ہی ہمارے کمرے میں گھس آتا۔ ہمارے کھانے پینے کی چیز اُٹھا کر بھاگ جاتا اور رات کو ہمارے برآمدے ہی میں سویا کرتا تھا۔ آخر ایک بار جب اُس نے میرے ننھے بیٹے کو کاٹ کھایا تو میں نے وہ مکان بھی چھوڑ دیا۔

آج کل میں جس مکان میں رہتا ہوں، وہ میرا اپنا ہے (کیونکہ باغیانہ

خیالات اب مجھ سے بغاوت کرکے جا چکے ہیں، ایک باورچی خانہ ہے، ایک ننھا سا باتھ روم ہے) ایک مختصر سی بالکونی ہے۔ اس سے زیادہ کی نہ ہوس ہے نہ گنجائش۔ بڑی بڑی کوٹھیاں اور بنگلے دیکھ کر اب نفرت کبھی نہیں ہوتی۔ کیونکہ میرے دل پر عقل کی حکمرانی رہتی ہے۔ ایک بار مجھے یاد ہے کہ ایک دوست کے بنگلے کے وسیع لان میں بیٹھ کر ایک غزل لکھی تھی۔ احباب نے کہا "غزل گھٹیا ہے۔ پچھلی بار تم نے جو غزل لکھی تھی وہ نہایت اعلیٰ تھی"

میں نے کہا "وہ میں نے اپنے مکان میں بیٹھ کر لکھی تھی"

مجھے خطرہ ہے کہ اگر کارپوریشن اتھارٹیز کو یہ علم ہو جائے کہ میرے مکان میں جو غزل لکھی جاتی ہے وہ زیادہ بہتر ہوتی ہے تو شاید میرا ہاؤس ٹیکس بڑھا دیں۔

تعلیم:۔ علم و فضل میں یکتا ہوں۔ مثلاً مجھے یہ علم ہے کہ کوا کائیں کائیں کیوں کرتا ہے اور زیادہ حسین لڑکیاں زیادہ جاہل کیوں ہوتی ہیں۔ یہ بھی جانتا ہوں کہ اگر ایک روپے کا ایک سیر گڑ آئے تو ایک آنے میں کچھ بھی نہیں آئے گا (کیونکہ ایک آنے کا گڑ خریدنے کے لئے بھی ایک آنے کا جیب میں ہونا ضروری ہے) اس کے علاوہ اور بھی سینکڑوں چیزوں کا علم رکھتا ہوں۔ مثلاً دو آدمیوں میں لڑائی کروانے کا سب سے آسان طریقہ کون سا ہے۔ جھوٹ بولنے میں حسنِ ادا کی کتنی اہمیت ہے اور یہ کہ بنیادی طور پر ان میں بے وقوفی کے جراثیم موجود ہیں۔ ماننا نہ ماننا اس کے اپنے اختیار میں ہے۔

بہت دیر بعد یہ علم ہوا کہ علم کا تبھی فائدہ ہے، اگر اس پر عمل کیا جائے۔ لیکن جب مجھے اس بات کا علم ہوا، اس وقت تک میں کافی بے عمل اور کاہل ہو چکا تھا۔ لہٰذا میں اس تھیوری پر عمل نہ کر سکا۔ ارادہ ہے کہ اگلے جنم میں احتیاط

برتوں گا اور علم کا فائدہ اُٹھاتے ہوئے کسی مندر کا مہنت بن جاؤں گا۔

اولاد:۔ تین بچے ہیں اور ایک بلی۔ بلی کو بیٹی کا درجہ دیتا ہوں کوئی اچھا سا خاندانی بِلّا تلاش کر کے جلد ہی اس کے ہاتھ پیلے کرا دوں گا۔

باقی تین بچوں میں دو لڑکیاں ہیں ایک لڑکا۔ جب سے یہ تینوں بچے پیدا ہوئے ہیں میرے گھر میں رہ رہے ہیں۔ اگر گھر سے باہر جائیں بھی تو شام کو پھر گھر لوٹ آتے ہیں۔ ان کے بوٹ پھٹ جائیں تو مجھ سے نئے بوٹ کا تقاضا کرتے ہیں اور اگر میں خرید کر نہ دوں تو منہ بسور کر کہتے ہیں "جاؤ ہم تم سے نہیں بولیں گے"

اگر بچے اپنے باپ سے نہ بولیں تو محلہ برادری والے اعتراض کرتے ہیں۔ اس لئے میں انھیں بوٹ خرید کر لا دیتا ہوں اور پھر وہ بوٹ پہن کر محلّہ بھر کو دکھاتے پھرتے ہیں اور باپ کی ساکھ جاتے پھرتے ہیں۔

میں اور میری بیوی دونوں اُن کی تربیت میں جُٹے رہتے ہیں۔ چنانچہ وہ ان دو تربیت گاہوں اور الگ الگ راہوں پر بیک وقت تربیت حاصل کر رہے ہیں۔ مثلاً اگر میں ایک بچے سے کہوں کہ محلّہ کے بچوں سے مت لڑا کرو تو بیوی اُس سے کہتی ہے کہ ضرور لڑا کرو ورنہ محلّہ کے لڑکے سمجھیں گے بُزدل ہے۔ ایک بار میں نے اپنی بیٹی سے کہا "لو یہ ایک لڈّو کھالو" مگر بیوی نے اُسے جھڑک کر کہا "خبردار جو سالم لڈّو کھایا۔ آدھا لڈّو کھاؤ، باقی آدھا کل کے لئے رہنے دو"

ہمارے بچّے اتنے زیرک ہیں کہ اس دُہری تربیت پر ذرا بھی نہیں گھبراتے، چپ چاپ اپنا کام کئے جاتے ہیں اور ہم دونوں کی محبت سے فائدہ اُٹھا رہے ہیں۔ وہ صحیح معنوں میں ہمارے قومی کلچر کے نمائندے ہیں۔

مذہب :- پیدائش کے وقت ہندو تھا، جوانی میں اسلام کی طرف رجوع ہوا۔ سکھ دوستوں سے مراسم گہرے ہوئے تو سکھ دھرم پُرکشش محسوس ہوا۔ کسی نے بتایا کہ یہ تو ہندو دھرم کی ہی ایک شاخ ہے چنانچہ اسے بھی ترک کیا۔ کچھ دیر مذہبِ انسانیت کو اپنایا۔ لیکن ایک بار اس مذہب کا مرشد ایک ہوٹل میں چمچہ چُراتے ہوئے پکڑا گیا تو میں نے چمچے کی رقم ادا کرکے اس مذہب سے بھی پیچھا چھڑا لیا۔ آج کل لامذہب ہوں۔ میری طرح میری ایک مرغی بھی لامذہب ہے۔ کیونکہ وہ ہندو، سکھ، مسلم، عیسائی جس کے یہاں بھی بیچی گئی اسی کے گھر میں انڈے دیتی رہی۔ میں نے اُن میں سے ہر ایک گھر کا انڈا کھا کر دیکھا ہے۔ ہر جگہ اُس کی لذت اور ذائقہ انڈے کا سا ہی ہے، خربوزے یا ککڑی کا سا نہیں ہے۔

میرے بچے مجھ سے اکثر پوچھتے ہیں "والد صاحب ہمیں بتایئے، ہم کون سے مذہب والے ہیں؟" اور میں انھیں کہا کرتا ہوں "مذہبِ عشق کے۔" اُن کی سمجھ میں کچھ نہیں آتا کہ میں کیا کہہ رہا ہوں لیکن جب ذرا ہوش سنبھالیں گے تو کسی نہ کسی چڑیا، طوطے، بسکٹ، سائیکل، چارپائی، نکٹائی، چاند یا چکور سے عشق کرنے لگیں گے اور وہی اُن کا مذہب بن جائے گا۔ (میرا خیال ہے کہ اسے ہی مذہبی آزادی کہتے ہیں)

سیاسی خیالات :- ایک دفعہ کا ذکر ہے کہ میرے اندر سیاسی خیالات پیدا ہو گئے۔ جب لوگوں کو معلوم ہوا کہ میرے اندر سیاسی خیالات آ گئے ہیں تو وہ ہر روز میرے گھر آنے لگے۔ ایک بار میں اپنے گھر میں بیٹھا گلاب کا ایک پھول سونگھ رہا تھا تو ایک صاحب آ گئے اور بولے۔

"آپ کے سیاسی خیالات تو کچھ اور ہیں، مگر آپ یہ گلاب کا پھول

سونگھ رہے ہیں لوگ اعتراض کریں گے۔"

"کیوں ؟"

"آپ کے سیاسی خیالات کا تقاضا ہے کہ جب تک ہر آدمی میں یہ پھول سونگھنے کی طاقت پیدا نہ ہو جائے اس وقت تک آپ بھی اس خوشبو کے قریب نہ پھٹکیں اور قربانی کریں۔"

"قربانی سے کیا ہوگا ؟"

"آپ سیاسی لیڈر بن جائیں گے۔"

آج کل میرے گھر کوئی نہیں آتا اور میں بلا جھجک گلاب کی خوشبو سونگھتا رہتا ہوں۔ گلاب کی خوشبو نے مجھے سیاسی لیڈر نہیں بننے دیا۔ چنانچہ میرے اندر سے سیاسی خیالات نکل گئے اور صرف گلاب کی خوشبو باقی رہ گئی۔

اب سوائے خفیہ پولیس کے میرے سیاسی خیالات سے کوئی آگاہ نہیں۔ خود میں بھی نہیں۔

شریف آدمی

شاید میرے والد صاحب (آہ مرحوم) نے ہی ایک دن فرمایا تھا کہ ہمارا خاندان گزشتہ پانچ نسلوں سے شریف چلا آرہا ہے۔ اس سلسلہ میں انھوں نے پردادا مرحوم کا ذکر کرتے ہوئے کہا تھا کہ ایک بار انھیں ایک لڑکی سے عشق ہو گیا تھا مگر کئی سال تک انھوں نے اس لڑکی سے ذکر نہیں کیا کہ ہم تم پر مرتے ہیں۔ آخر جب خود لڑکی نے انھیں بتایا کہ آپ مجھ سے عشق کرتے ہیں جب جا کر دادا مرحوم نے اطمینان کا سانس لیا۔

وہی لڑکی بعد میں ہماری پردادی بنی اور بڑھاپے میں اس بات کا ذکر کرکے پردادا جی کو خوب چھیڑا کرتی تھیں۔

لیکن ـــــ اس پانچ نسلی شرافت پر مجھے پورا یقین کبھی نہیں آیا۔ کیونکہ مجھے شک تھا کہ کئی بار کئی لوگ خاندانی شرافت کو پراپیگنڈے کے طور پر بھی استعمال کیا کرتے ہیں۔ البتہ اس پراپیگنڈے کا ایک غیر معمولی اثر یہ ہوا کہ میں بھی غیر شعوری طور پر شریف بنتا چلا گیا۔ چنانچہ ایک دن کا ذکر ہے کہ ایک بائیسکل والے نے پیچھے سے آکر مجھے ایک ٹکر لگائی جس سے میری عینک گر کر چکنا چور ہو گئی۔

میں نے نسلاً یعنی عادتاً بائیسکل والے سے کہا: "آئی ایم ویری سوری!"

بائیسکل والا بولا "اِٹ اِز آل رائٹ"۔

لیکن ایک دن بیٹھے بیٹھے مجھے خیال آیا کہ تجربہ کے طور پر ہی سہی، ایک آدھ غیر شریفانہ حرکت کرکے اپنے خاندانی پراپیگنڈہ کا پول کھولنا چاہیئے۔ طویل ترین شرافت نے زندگی میں بڑی یکسانیت اور بیزاری پیدا کر رکھی تھی۔

دماغ نے، جو شرافت کا ازلی دشمن ہے، مشورہ دیا کہ پہلے کوئی غیر شریفانہ حرکت سوچ لو۔ جلد بازی نہ کرو۔ لیکن دل نے کہا، جو کچھ کرنا ہے، فوراً کرو۔ ورنہ سوچنے سے تو کئی خودکشیاں کینسل ہو جاتی ہیں۔

چنانچہ دل کی رہنمائی میں بے اختیار اپنے پڑوسی گردھاری لال کے گھر کا رُخ کیا جو ہمیشہ فلک پیما سُر میں ریڈیو لگایا کرتا تھا اور میں گزشتہ دو سال سے اُس کے ریڈیو کے شور و غل سے نالاں تھا بلکہ اُس سے بھی زیادہ گردھاری لال سے نالاں تھا جو ریڈیو کے ساتھ ساتھ ریڈیو سے بھی زیادہ شور و غل مچاتا تھا۔ یعنی گاتا تھا۔

میں نے فوراً غیر شریفانہ لہجہ کی مشق کرتے ہوئے سوچا "جاتے ہی گردھاری لال کو ڈانٹوں گا کہ اے بدتمیز! بدتہذیب! بدآواز، بد..... (اس قسم کی بہت سی ترکیبیں کسی خلاق شاعر کے اشعار کی طرح ذہن میں آتی گئیں۔)

گردھاری لال کے دروازے کے باہر ایک کتا بیٹھا تھا۔ یہ کتا اگرچہ محلہ کا مشترکہ کتا تھا۔ لیکن گردھاری لال کے گھر میں نسبتاً زیادہ مقبول تھا اور میری اس کی آشنائی صرف رسمی علیک سلیک تک تھی۔

عام رواج کے مطابق مجھے دیکھتے ہی کتے کو احتراماً اٹھ کر ایک طرف

کھسک جانا چاہئے تھا۔ لیکن کتوں کی عظیم تاریخی روایات کو اُس نے پاؤں تلے روند دیا اور بدستور وہیں جما بیٹھا رہا۔ بلکہ میری طرف کچھ مشتبہ نگاہوں سے بھی دیکھنے لگا۔ جیسے کہہ رہا ہو ــــ "آج آپ کا ارادہ کچھ ٹھیک معلوم نہیں ہوتا۔ لہٰذا ذرا سنبھل کر قدم بڑھانا۔"

اگر اس نے مجھے کاٹ کھایا تو..... ؟ میں نے سوچا کیونکہ کتوں کا کوئی اعتبار نہیں۔ چہ جائیکہ اُن کی وفاداری مشہور ہے لیکن کتوں کی وفاداری بے حد محدود رہی ہے یعنی وہ صرف اپنے مالک کو نہیں کاٹتے۔ بلکہ میرا ذاتی تجربہ یہ ہے کہ اگر کتوں کو سوتے سے جگا دیا جائے یا اُن کی انا کو چیلنج کیا جائے تو وہ مالک کو بھی کاٹ کھانے سے گریز نہیں کرتے۔

چنانچہ میں نے احتیاطاً زمین پر سے ایک ڈھیلا اٹھالیا۔

کتے نے بے ساختہ کہا "بھوں بھوں" ــــ یعنی ڈھیلا چھوڑ دو۔ ورنہ...

میرے منہ سے ایک چیخ نکل گئی ــــ "اجی گردھاری لال جی!!"

گردھاری لال جی شائد اس وقت موسیقار محمد رفیع کے ساتھ بلند آوازی کا مقابلہ کرنے میں مصروف تھے۔ جس سے میری چیخ گردھاری لال اور محمد رفیع کے درمیان "سینڈوچ" ہو گئی۔ کتا میری چیخ پر برافروختہ ہو گیا اور اس نے دوبارہ قدرے تیز اور جارحانہ سُر میں کہا "بھوں بھوں بھوں" (اب تو میں نہیں چھوڑوں گا تمہیں)

اور وہ ایک دم اُٹھ کھڑا ہوا۔

قانونِ قدرت کے مطابق ــــ اُسے اُٹھنے کے بعد آٹھ دس قدم پیچھے بھاگ کر ایک نیا مورچہ بنالینا چاہئے تھا اور پھر وہاں سے بھونکنے کا دوسرا آغاز کرنا چاہیے تھا، لیکن ایک دم اُس نے ایک غیر فطرتی پوزیشن

اختیار کر لی۔ یعنی وہ اُٹھ کر بھاگا ضرور، دو تین قدم پیچھے بھی ہٹا مگر گلی کی طرف نہیں بلکہ گردھاری لال کے دروازے کی طرف پیچھے ہٹا اور اپنے حساب سے ایک ناقابلِ تسخیر مورچہ بنا لیا۔

ڈھیلا ابھی تک میرے ہاتھ میں تھا۔ قانونِ قدرت کے مطابق مجھے فوراً اس کا استعمال کرنا چاہیے تھا۔

میں نے دو منٹ تک ڈھیلے کے ایکشن اور اس سے پیدا ہونے والے نتائج اور ردِّ عمل پر غور کیا۔ غور کرنے کے بعد سمجھ میں آیا کہ اس سے تو جہنم میں جانا بہتر رہے گا۔ اس سلسلہ میں ایک فلسفی کا یہ قول یاد آگیا۔ (صحیح قول ہمیشہ غلط وقت پر یاد آتے ہیں) کہ انسان اشرف المخلوق ہے اُسے جانوروں کے مُنھ نہیں لگنا چاہیے ـــــ لہٰذا یہ طے کیا کہ مقابلہ ملتوی ـــــ پندرہ منٹ بعد دوبارہ آؤں گا اور گردھاری لال کو ڈانٹ دے جاؤں گا۔ پندرہ منٹ میں گردھاری لال کے کردار میں کوئی تبدیلی نہیں آجائے گی اور پھر عین ممکن ہے، اس دوران میں میرے عدم تشدد کے ہاتھوں یہ کتا شکست کھا کر کہیں چلا جائے ـــــ

لیکن جونہی میں انسانیت کی بلند ترین قدروں کے ساتھ واپس گھر کی طرف مُڑنے لگا تو کیا دیکھتا ہوں کہ میری پشت سے عین ایک دو انچ پر ایک کتیا کھڑی ہے۔ نہ صرف کھڑی ہے بلکہ نتھنے بھی پھڑ پھڑا رہی ہے ـــــ

"ان محترمہ کو کیوں اشتعال آرہا ہے؟" میں نے اپنے آپ سے سوال کیا۔ لیکن اپنے سوال کا آپ ہی جواب دینا انتہائی مشکل ہوتا ہے۔ اس لئے لاجواب اور بے بس ہو کر میں صرف اتنا کر سکا کہ کتیا سے ڈر جاؤں۔ چنانچہ میں ڈرا، ڈر کر پیچھے ہٹا اور پھر پیچھے ہٹ کر سوچا کہ اب کچھ نہ کچھ ضرور کرنا چاہیے۔ مثلاً پیچھے ہٹ کر

اس نئے دشمن پر ڈھیلے سے بھرپور وار کرنا چاہئے۔ لیکن پیچھے ایک چارپائی پڑی تھی۔ اس لئے پیچھے ہٹتے ہی اُس سے جا ٹکرایا بلکہ یوں کہنا چاہئے کہ باقاعدہ گر گیا۔

گر جانے میں اتنا نقص نہیں تھا جتنا اس بات میں کہ جب میں گر رہا تھا تو گرنے کے عمل کے ساتھ ہی ساتھ میں نے ہاتھ کا ڈھیلا بھی کتیا کی طرف اُچھال دیا تھا۔ یعنی غیر یقینی صورتِ حالات کی وجہ سے دونوں فعل بیک وقت سرزد ہو گئے تھے اور یوں دشمن پر وار کرنے کا نادر موقع ہاتھ سے نکل گیا تھا۔ کیونکہ ڈھیلا کتیا کی بجائے کھڑکی کے شیشہ پر جا لگا تھا۔ (ٹوٹے ہوئے شیشہ کے چھ آنے بعد میں گردھاری لال کو ادا کر دیئے گئے)

اس نازک موقع پر اگر کتیا چاہتی تو میری بے بسی سے بھرپور فائدہ اُٹھا سکتی تھی اور جھپٹ کر مجھے تار تار کر سکتی تھی۔ مگر مجھے گرتے دیکھ کر نہ صرف رُکی بلکہ عادتاً تھوڑا سا بھونک دی۔ کیونکہ میرے گرنے سے اُسے یہ شک ہوا کہ اب صورتِ حالات میں کوئی نئی تبدیلی آئی ہے۔ فضا میں ایک ارتعاش پیدا ہونے سے کتیا نے سمجھا کہ اس آدمی کے گرنے سے کوئی نامعلوم خطرہ جنم لینے والا ہے۔

لہٰذا جنگی حکمتِ عملی کے مطابق کتیا نے مجھ پر حملہ نہیں کیا۔ جس سے میرے لئے بھی ایک نئی صورتِ حالات پیدا ہو گئی اور مجھے دشمن کے متعلق نئے سرے سے غور کرنا پڑا۔ سچ پوچھیے، تو مجھے کتیا کے رویے میں شرافت کی جھلک نظر آئی اور ایک شریف پر ڈھیلا اُٹھانا (چاہے وہ کتیا ہی کیوں نہ ہو)۔ ایک شرمناک فعل تھا۔ میرا جی چاہا کہ اس کتیا کو کسی دن گھر بُلا کر ڈنر کھلاؤں گا۔ ایسے عظیم کیریکٹر کی کتیائیں آج کل کہاں ملتی ہیں؟

پڑوسی گردھاری لال کے کتے نے مجھے گرتے ہوئے دیکھا تو کم بخت کوئل کی طرح کُوکنے لگا اور میں نے دیکھا کہ اُس کی آواز گردھاری لال سے بھی بھونڈی

ہے۔کیوں نہ اس کتے کے خلاف کارپوریشن کے ہیلتھ ڈیپارٹمنٹ کو رپورٹ کی جائے کہ یہ صاحب صحتِ عامہ کے لئے خطرناک ہیں۔

میں اپنی مجروح انسانی برتری کے بل بوتے پر اٹھا اور کپڑے جھاڑنے لگا۔

اُدھر کھڑکی کی طرف ایک نئی ڈیولپمنٹ ہونے لگی کہ جو ڈھیلا کھڑکی کے شیشے کی چوٹ کھا کر نیچے جا گرا تھا میں نے دیکھا کہ اس کی طرف ایک اور بڑا سا سفید رنگ کا کتا لپکا ہے اور اُسے منہ میں دبا لیا ہے اور پھر اِدھر اُدھر دیکھنے لگا ہے کہ ڈھیلا کس نے پھینکا ہے —— اس نے میری طرف بھی دیکھا میں نے صاف جواب دے دیا کہ جناب اس ڈھیلے سے میرا کوئی تعلق نہیں ہے۔

میں اس سفید فام کتے کو اچھی طرح جانتا تھا۔ وہ ہاتھی کی طرح جھوم جھوم کر محلہ میں چلا کرتا تھا۔ اگرچہ چہرے مہرے سے بے حد مسکین لگتا تھا لیکن جب ایکشن پر اُترتا تھا تو بالکل 'انقلاب زندہ باد' بن جاتا تھا۔ گوریلا جنگ میں بلا کا ایکسپرٹ تھا۔ اتنا پُراسرار کہ خفیہ پولیس میں بھرتی ہو کر نہایت غیر معمولی کارنامے دکھا سکتا تھا۔ یہی وجہ تھی کہ آج تک کسی کتیا کو اپنا دل نہیں دے سکا تھا۔

میرے انکار میں سر ہلانے پر اُس نے کتیا کی طرف دیکھا۔ جیسے کہہ رہا ہو "اے نابکار حسینہ! سچ سچ بتا، یہ ڈھیلا کس نے پھینکا؟"

کتیا ایک کبوتری کی طرح سہم گئی۔ اُس نے پہلے تو گردھاری لال کے کتے کی طرف امداد طلب نگاہوں سے دیکھا۔ مگر یہ حکمتِ عملی منہ چھپکنے میں ناکام ہوگئی۔ کیونکہ گردھاری لال کے کتے نے منہ پھیر لیا۔ وجہ صاف تھی کہ وہ کتیا کے تیسرے درجے کے حسن کی خاطر سفید فام گرانڈیل کتے سے اپنی تکا بوٹی نہیں کروا سکتا تھا۔ صنفِ نازک کی ہر نگاہِ محبت جان سے پیاری نہیں ہوتی۔ اس لئے اس نے کتیا کی طرف سے منہ پھیر لیا، جیسے کہہ رہا ہو "اُلّو ہوں

دوسروں کے معاملہ میں دخل دینا شرفا میں معیوب سمجھا جاتا ہے۔"

سفید خام بل ڈاگ نے کتیا کی خاموشی کو اپنی توہین سمجھا اور وہ نعرۂ مستانہ لگاتا ہوا اس کی طرف بڑھا۔ مگر کچھ ایسی پُراسرار نگاہوں کے ساتھ جو صنفِ نازک پر نچھاور بھی ہو سکتی ہیں اور اُسے چیر پھاڑ بھی سکتی ہیں۔

اب میری پالیسی کسی حد تک واضح ہو چلی تھی اور میں طے کر رہا تھا کہ مجھے ان تینوں کے نسلی نزاع سے بالکل الگ تھلگ ہو جانا چاہیئے بلکہ موقع پاتے ہی آنکھ بچا کر کھسک بھی جانا چاہیئے۔ اس کے ساتھ ہی میرے ذہن میں یہ شک بھی رینگ کر آگیا تھا کہ ان تینوں کتوں کی بیک وقت موجودگی کسی بھی سازش کا پیش خیمہ بن سکتی ہے۔

لیکن اچانک صورتِ حالات میں ایک نئی تبدیلی آگئی ——— یعنی کتیا جو ڈری تو کوئی راہِ فرار نہ پا کر کم بخت میری پناہ میں آگئی۔ اور یہ گویا اس بات کا اعلان تھا کہ اب بڑے کتے سے میری براہِ راست ٹکر ہوگی۔

میں نے کتیا سے عرض کیا "بے بی! تم نے اچھا نہیں کیا۔"

کتیا میرا دل لوٹنے کے لئے اپنی دُم ہلانے لگی۔

بڑے کتے نے کتیا کی جو یہ نئی ڈپلومیسی دیکھی تو مکمل مردانہ جلال میں آگیا۔ اور تیزی سے کتیا کی طرف لپکا۔ بلکہ یہ کہنا زیادہ صحیح ہوگا کہ میری طرف لپکا۔ کیونکہ کتیا اب گویا میرے جسم کا حصّہ بن چکی تھی اور میری غیر جانبداری سخت خطرہ میں تھی۔ چنانچہ اب پوزیشن یوں ہو گئی کہ میرے پیچھے ٹانگوں کی اوٹ میں چھپی ہوئی کتیا کھڑی تھی اور میرے آگے چارپائی پڑی تھی اور چارپائی سے ایک گز کے فاصلہ پر بڑا کتا اپنے جارحانہ منصوبہ کے ساتھ مسلح کھڑا تھا اور میرے عقب میں کچھ دوری پر گردھاری لال کا کتا صورتِ حال سے جائزہ یا

ناجائز کوئی سا بھی فائدہ اٹھانے کا منتظر تھا۔

بڑا کتا چارپائی کے قریب آکر غرّایا "مجرم کو میرے حوالے کردو یہ عدم تشدد کی مشہور و معروف فلاسفی کی رُو سے میرا فرض تھا کہ خون خرابہ نہ ہونے دیتا اور ظالم و مظلوم کے درمیان پُرامن گفتگوئے مصالحت شروع کروا دیتا۔ لیکن یہاں میری اپنی زندگی داؤ پر لگی ہوئی تھی، اس لئے جب زندگی خطرہ میں ہو تو تہذیب و فلاسفی کا سایہ سر سے اٹھ جاتا ہے۔

اس لئے میں نے حفاظتِ خود اختیاری کے طور پر فوراً چارپائی کھڑی کردی جس سے چارپائی کا ایک پایہ بڑے کتے کے ماتھے پر جا لگا۔ کتیا نے گرلا کر نعرۂ تحسین بلند کیا "ویل ڈن!"

بڑا کتا غضب ناک ہو کر غرّایا، جنگ کے عظیم اور مقدس اصولوں کی یوں مٹی پلید ہوتے دیکھ کر وہ چارپائی پر دُور سے جھپٹا۔ اور اپنی وحشی طاقت کے بھرپور ریلے سے چارپائی کو دھڑام سے اوندھا گرا دیا۔

اب بڑے کتے نے جوابی نعرہ لگایا "ویل ڈن!"

میرے ڈیفنس کا مورچہ ٹوٹتے ہی میرے حواس باختہ ہو گئے۔ دونوں ڈھیلے میرے ہاتھ سے چھوٹ گئے اور میں بالکل نہتا ہو گیا۔ گھبراہٹ میں میری ٹانگیں لڑکھڑائیں تو میں بھاگنے کے لئے پیچھے کی طرف مڑا۔ اور میری ٹانگیں جو کتیا کی ڈیفنس لائن کا کام کر رہی تھیں، حرکت میں آئیں تو کتیا نہ جانے غصہ میں یا بے بسی میں میری ٹانگوں پر یعنی اپنی ڈیفنس لائن پر بھونکی اور ایک آدھ دانت میری ٹانگوں پر عرض کر دیا۔ میں نے دل ہی دل میں کہا "دیوی جی! اپنے محسن کے ساتھ یہ سلوک انتہائی ناموزوں ہے۔"

اور پھر میں بدحواس ہو کر بھاگ کھڑا ہوا۔ جب بھاگا تو کچھ یوں محسوس ہوا

جیسے میری پتلون کے پائنچے بڑے کتے کے منہ میں آچکے ہیں۔ لہٰذا مزید بھاگنا نقصان دہ تھا۔ رکنا بھی نقصان دہ تھا اور مجھے یوں لگا جیسے میں خواب میں بڑے کتے سے پچکار کر کہہ رہا ہوں۔

"اے بہادر ماں کے بیٹے! دیکھو، کسی نہتے پر ہاتھ اُٹھانا شرافت نہیں۔ اور پھر اے ظالم! میں تو محلہ بھر میں تمہاری سب سے زیادہ عزت کرتا ہوں۔ اس لئے اگر تم مجھے معاف کر دو گے تو میرے دل میں تمہاری عزت اور بھی بڑھ جائے گی۔"

لیکن مزید غور کرنے پر معلوم ہوا کہ میری پتلون بڑے کتے نے نہیں بلکہ کتیا نے پکڑ رکھی ہے (یعنی وہ اب پتلون کو ڈیفنس لائن بنائے ہوئے ہے)۔۔۔ یہ ایک انتہائی ذلیل حرکت تھی۔ میں نے اشتعال میں آکر ایک زناٹے کا جھٹکا دیا۔ اس طرح میری پتلون تو واقعی پھٹ گئی۔ لیکن کتیا کو اپنے کیے کی سزا بھی مل گئی۔ یعنی وہ اب نہتی ہوگئی اور پھر بڑا کتا ڈائرکٹ کتیا پر جھپٹا اور اُسے جھنجھوڑنے لگا۔

کتیا کی چیخوں اور کتے کی غراہٹوں نے ماحول میں ایک دہشت اور تھرتھری سی پیدا کر دی اور پھر ایک دم نہ جانے کس کونے کھدرے سے کتیا کے پانچ چھ چھوٹے چھوٹے صاحبزادے نمودار ہوگئے اور اپنی مادرِ محترم کی حفاظت میں انھوں نے ایک ساتھ بڑے کتے پر حملہ کر دیا۔

اب بڑا کتا بالکل عوام میں گھر گیا اور عوام نے حسب عادت اس کا ناطقہ بند کر دیا۔ کتیا تھوڑی دیر تو لہولہان ہوتی رہی۔ پھر اپنی فوج کی وساطت سے اُس ظالم کے پنجوں سے چھوٹ گئی اور چھوٹے پلّوں نے جیسے کورس گیت گاتے ہوئے کہا: "دنیا بھر کے مظلومو! ایک ہو جاؤ۔"

کتیا کا حوصلہ بھی بڑھ گیا۔ لہٰذا اس نے آوازہ کسا: "ڈکٹیٹرشپ مردہ باد!"

بڑے کتے نے چاروں طرف اپنے پنجے لہراتے ہوئے کہا: "جو مجھ سے ٹکرائے

گا، چُور چُور ہو جائے گا۔"

اور پھر میں نے دیکھا کہ گردھاری لال، کے کتے میں بھی مُردہ محبت نے انگڑائی لی اور وہ بھی اُٹھ کر کتیا کے حسین و جمیل پہلو میں آگیا اور بڑے کتے پر خواہ مخواہ بھونکنے لگا۔ جیسے کہہ رہا ہو "عشق صادق کی خاطر میں سُولی پر بھی چڑھ جاؤنگا۔"

اور پھر محلّہ کے سارے کتے اپنے اپنے ذاتی مسائل ترک کرکے ایمرجینسی سے نپٹنے کے لئے آگئے اور بغیر یہ سوچے ہوئے بھونکنے لگے کہ فریقین کون ہیں۔ اور انھیں کس کا ساتھ دینا چاہیئے بلکہ دو چار کتے تو اس ہنگامہ میں ایک دوسرے سے ہی اُلجھ پڑے۔ ایک اور کتا گردھاری لال کے کتے سے بھڑ گیا۔ کیونکہ نازک اندام کتیا اس جنگِ زرگری میں ہانپتے ہوئے اس کی بغل میں جا گری تھی اور لڑائی میں جنسی رقابت شامل ہو گئی تھی۔ چند اور کتیا ئیں پردہ نشینوں کی طرح آپس میں لڑنے لگیں، للکارنے لگیں، ذہانت، تھپڑ، ڈھول، منّی، نعرے، ڈپلومیسی جنسیات سیاسیات، ——— غرض باقاعدہ جنگ شروع ہو گئی۔

کتوں کی جنگ کا اثر جب گردھاری لال کے گھر میں بجتے ہوئے ریڈیو کی آواز پر پڑا تو گردھاری لال جس کے ساتھ میں ایک غیر شریفانہ حرکت کرنے آیا تھا، ڈنڈا لئے باہر نکلا۔ فحش ترین گالیاں جو ایسے موقعوں پر مناسب سمجھی جاسکتی ہیں، اُس نے کتوں کو عطا کیں۔ گالیوں وغیرہ سے فارغ ہو کر اس نے مجھے دیکھا اور کہا "ارے..... ہا ہا ہا..... فکر صاحب آپ ہیں؟"

میں نے کہا "جی ہاں!"

وہ بولا "دیکھئے جی! اس محلہ میں بھلا کوئی شریف آدمی رہ سکتا ہے۔ یہ کتے اتنا شور مچاتے ہیں کہ کسی شریف آدمی کو ریڈیو تک سُننے نہیں دیتے۔"

گُم شُدہ کی تلاش

یہ اشتہار میں اپنے گُم شُدہ بھائی جنتامنی کے متعلق دے رہا ہوں۔ موصوف ایک مرتبہ پہلے بھی گم ہو گئے تھے۔ لیکن اس وقت میں نے اشتہار نہیں دیا تھا، کیونکہ میرا خیال تھا کہ موصوف خوددار آدمی ہے۔ اس لئے اس نے ضرور کنوئیں میں چھلانگ لگا دی ہوگی۔ لیکن چھٹے دن وہ میلی چکٹ پتلون کے ساتھ گھر لوٹ آیا اور بقول ہمارے چچا کے "آخر تو وہ ہمارا ہی خون تھا کیوں نہ لوٹتا خون نے جوش مارا ہوگا"۔

ہمیشہ اُجلی پتلون پہننے والا کب تک گھر سے باہر رہ سکتا تھا۔ خودی چاہے کتنی ہی بلند ہو جائے پتلون کا مقابلہ نہیں کر سکتی۔

مگر اس بار مجھے یقین ہے کہ موصوف لوٹ کر نہیں آئے گا۔ کیونکہ وہ گھر سے دو سو روپے اُٹھا کر لے گیا ہے۔ اس لئے اب اس کی رگوں میں ہمارا خون جوش نہیں مارے گا۔ اشتہار دینے کی ایک اور وجہ والدہ محترمہ ہیں، جو موصوف کو ابھی تک "نادان لڑکا" گردان رہی ہیں۔ میں نے لاکھ کہا کہ مادرِ مہربان! جنتامنی اب بیس برس کا ہو چکا ہے نادان نہیں رہا۔ وہ چہرے مُہرے سے ہی گدھا دکھائی دیتا ہے مگر اندر سے کانی کائیاں ہو چکا ہے۔

مگر والدہ محترمہ جس نے اس گدھے کو جنم دیا اپنی تخلیق پر زیادہ مستند رائے رکھتی ہیں۔ اُس نے مجھے طعنہ دیا ـــــ

"دراصل تم چھوٹے بھائی کی غیر حاضری میں ساری آبائی جائداد کو تنہا ہڑپ کرنا چاہتے ہو؟"

ہماری آبائی جائداد دو کمروں والا ایک مکان ہے جو ہم نے کرائے پر دے رکھا ہے یا پھر والدِ محترم کے قبضہ میں ایک بہی کھاتا ہے جس میں درج ہے کہ ہمارے خاندان کے پاس ڈیڑھ سو ایکڑ زمین ہے جس پر آج کل ایک دریا بہہ رہا ہے۔ والدِ محترم گزشتہ گیارہ برس سے اس دریا کے سوکھنے کا انتظار کر رہے ہیں۔

اگرچہ والدہ محترمہ کے طعنہ کی بنیادیں دریا برد ہو چکی ہیں لیکن پھر بھی ایک فرمانبردار فرزند کے طور پر میں یہ اشتہار دینے پر مجبور ہوا ہوں۔

برادرِ عزیز چنتامنی کی تصویر مجھے نہیں مل سکی ورنہ اس اشتہار کے ساتھ ضرور چھپواتا۔ دراصل اس کے جتنے فوٹو تھے وہ اُس نے وقتاً فوقتاً قسم کی محبوباؤں میں بانٹ دیئے تھے۔ پوچھنے پر چنتامنی کی ہر محبوبہ نے جواب دیا کہ اُس کے پاس چنتامنی کی جو فوٹو تھی وہ اُس نے رسوائی کے خوف سے ضائع کر دی ہے۔ ایک محبوبہ تو اتنی صاف گو نکلی کہ اس نے تنگ کر جواب دیا۔

"میں نے شادی ہوتے ہی چنتامنی کی وہ فوٹو لوٹا دی تھی اور آجکل بٹوے میں اپنے خاوند کا فوٹو رکھتی ہوں۔"

چنانچہ فوٹو دستیاب نہ ہونے کے باعث مجبوراً میں اپنا ہی فوٹو اس اشتہار کے ساتھ شائع کر رہا ہوں (اس کے باوجود گمشدہ میرے

بھائی کو سمجھا جائے، مجھے نہیں) ـــــ والد اور والدہ محترمہ دونوں کی متفقہ رائے ہے کہ چنتامنی کی ناک تم سے ملتی ہے۔ اس لئے پہچاننے میں آسانی رہے گی۔ ہمارے نانا مرحوم کی ناک بھی تم دونوں نواسوں سے ملتی تھی اور وہ بھی گھر سے بھاگ گئے تھے (عجیب ناک ہے نانا کے وقت سے کٹ رہی ہے)۔ بہرکیف فوٹو میں میری ناک حاضر ہے۔ ناک کے علاوہ میرے جتنے اعضا ہیں وہ میرے ذاتی ہیں۔ برادرِ عزیز چنتامنی کا ان سے کوئی تعلق نہیں۔

برادرِ موصوف چنتامنی کے باقی ناک نقشہ کے متعلق پوزیشن یہ ہے کہ اُس کا رنگ بچپن میں دودھ کی طرح گورا تھا (ان دنوں وہ صرف ماں کا دودھ پیا کرتا تھا) لڑکپن میں وہ دودھیا رنگ گندمی ہوتا گیا۔ کیونکہ اس نے گندم کھانا شروع کر دی تھی۔ جوان ہوتے ہی رنگ کا میلان سیاہی کی طرف ہو گیا۔ نہ جانے جوانی میں چوری چھپے اُس نے کیا کھانا شروع کر دیا تھا۔ البتہ جب والد محترم اُسے ہیبت ناک قسم کی گالیاں اور دھمکیاں دیا کرتے تو لمحہ بھر کے لئے اس کا رنگ پیلا بھی پڑ جاتا تھا۔ گویا چنتامنی بڑا رنگا رنگ آدمی تھا (خدا اُسے ہر رنگ میں خوش رکھے)۔

آنکھیں بڑی بڑی مگر گونگی قسم کی۔ جیسے کوئی حسینہ بغیر بیاہ کے بیوہ ہو گئی ہو۔ کئی بار میں نے اُسے مشورہ دیا:

"ارے بیگمے! ان پر کالا چشمہ لگا لے، بات بن جائے گی۔"

مگر وہ نہیں مانا۔ ایک بار میں نے اپنی بیوی کی آنکھ بچا کر اپنا چشمہ اُسے دے بھی دیا تھا۔ مگر وہ اُس نے ایک دوست کو دے دیا۔ دوست نوازی میں تو وہ بے مثال تھا۔

والدِ محترم اُسے دوست نوازی پر ہمیشہ چھڑی سے پیٹا کرتے تھے۔ اور اس پٹائی کو وہ کمالِ صبر و شکر سے سہہ لیتا تھا۔ صبر و شکر میں بھی بے مثال تھا۔ والدِ محترم نہایت فخر سے کہا کرتے تھے کہ میں نے اپنی زندگی میں صرف ایک ہی شریف اور صابر لڑکا پیدا کیا ہے اور وہ چنتامنی ہے، بزرگوں کے سامنے چوں تک نہیں کرتا۔ آہ! اس کے بھاگنے کے بعد اب ان بزرگوار کی چھڑی کسی کام نہیں آ رہی۔

چنتامنی کی پیشانی پر ایک داغ ہے۔ ایک بار وہ چھت پر کھڑا ایک لڑکی کو گھور رہا تھا۔ لڑکی مذکورہ نے جواباً ایک اینٹ دے ماری۔ اگرچہ چنتامنی نے اس خشتِ محبت کا ذکر کسی سے نہیں کیا مگر بعد میں اُس ناشائستہ لڑکی نے اپنی سہیلیوں سے ذکر کر دیا تو بات پھیل گئی۔ اور اُس ڈاکٹر تک بھی جا پہنچی جس نے علاج کا بل ایک دم یہ کہہ کر بڑھا دیا کہ اینٹ کا زخم زیادہ خطرناک ہوتا ہے۔

چنتامنی کے جسم کے باقی حصے صحیح سلامت ہیں۔ وہ ایک مضبوط الجثہ نوجوان ہے۔ غلّہ کی بوری اُٹھا کر تین میل تک چل سکتا ہے۔ ممکن ہے وہ اس وقت بھی کسی غلّہ منڈی میں بوریاں اُٹھانے کا کام کر رہا ہو اور منڈی کے بیوپاری اُسے نہایت قلیل اُجرت دے رہے ہوں۔ کیونکہ چنتامنی کو بھاؤ تاؤ کرنا نہیں آتا۔ اُسے کچھ بھی نہیں آتا۔ سوائے خاموش رہنے کے سوا نے ستم سہنے کے۔ مگر میں بیوپاریوں کو مشورہ دوں گا کہ وہ اس کی ستم پسندی کا زیادہ استحصال نہ کریں ورنہ وہ ان کے ہاں سے بھی بھاگ جائے گا کیونکہ بھاگنے کے لیے اس کے پاس پاؤں موجود ہیں۔ چنتامنی کی زبان کام نہیں کرتی۔ پاؤں کام کرتے ہیں۔

چنتامنی جب گھر سے بھاگا تو اس کے تن پر صرف تین کپڑے تھے۔ ایک پتلون (جو میری تھی)، ایک دھاری دار قمیض جس سے وہ بے حد نفرت کرتا تھا مگر پھر بھی پہنے پھرتا تھا۔ اور ایک بنیان جو اُس نے بڑے چاؤ سے خریدی تھی۔ یہ بنیان کبھی کبھی والد صاحب بھی پہن لیا کرتے تھے، جو انھیں فٹ نہیں آتی تھی۔ مگر وہ کہا کرتے تھے کہ اگر باپ اپنے بیٹے کا بنیان پہن لے تو دونوں میں محبت کا رشتہ استوار رہتا ہے۔ جس دن چنتامنی بھاگا، اُس دن رشتہ استوار کرنے کی باری چنتامنی کی تھی۔ اس لئے بنیان بھی اسی کے بدن پر تھی (البتہ اب والد صاحب اس بنیان کے لئے زار و قطار روتے رہتے ہیں اور کہتے ہیں کاش! یہ بنیان میرے پاس ہوتی تو میں اُسے آنکھوں سے لگا کر تسکین حاصل کر لیا کرتا)

چنتامنی کیوں بھاگا؟ اس کے متعلق مورخین کی آرا میں شدید اختلاف پایا جاتا ہے۔ والدِ محترم یعنی ابوالچنتامنی کا خیال ہے کہ لڑکا شادی کا خواہشمند تھا مگر اُسے دُور دُور تک شادی کے کوئی آثار دکھائی نہیں دیتے تھے۔ مگر عم الچنتامنی یعنی چچائے قوم اس رائے سے اتفاق نہیں کرتے۔ وہ کہتے ہیں کہ چنتامنی سرے سے شادی سسٹم کے ہی خلاف تھا اور برہم چریہ میں یقین رکھتا تھا۔ اس کے علاوہ وہ ایک ذمّہ دارانہ سوجھ بوجھ کا مالک تھا۔ وہ جانتا تھا کہ اس کی دو بہنیں ابھی تک کنواری بیٹھی ہیں۔ یعنی برہم چریہ کے لئے اُس کے پاس ٹھوس وجہ موجود تھی ــــ تیسرے مورّخ اُم الچنتامنی یعنی والدہ محترمہ کی رائے چچا جان سے کسی حد تک ملتی ہے، صرف اس ترمیم کے ساتھ کہ بہو (یعنی میری زوجہ) نے ہی اُسے یہاں سے فرار ہونے میں مدد دی ہے۔

خود بہو بھی اسی قسم کی ایک الگ رائے رکھتی ہے یعنی جو ساس کہے اُس کے اُلٹ۔

اشتہار دینے سے دو دن پہلے مورخین میں ایک خوفناک لفظی جنگ ہوئی۔ میں نے والدِ محترم پر الزام لگایا کہ آپ نے ہی چنتامنی کو بگاڑ دیا تھا اور اُسے ہمیشہ یہی کہا کرتے تھے کہ

"اے منحوس! کب تک بڑے بھائی کے ٹکڑوں پہ پلتا رہے گا اپنے پاؤں پر کھڑا ہونا سیکھ"

اور اس طرح آپ نے دو بھائیوں کے درمیان نفرت کی خلیج حائل کردی تھی ۔۔۔۔ اس پر والدہ محترمہ میری مدد کو آئیں۔ اور بولیں۔

" اس بڈھے کا شروع سے ہی یہی وطیرہ رہا ہے۔ یہ میں ہی تھی کہ اس بڈھے کے ساتھ تیس سال کاٹ گئی" (بڈھا اور بڑھیا بھی ایک ساتھ زندگی کاٹنے کا ارادہ رکھتے ہیں)

یہ سن کر ہماری بڑی بہن جو ایک اسکول میں اُستانی ہے' باپ کی حمایت پر اُتر آئی اور بولی۔

" پتاجی بجا فرماتے ہیں کہ آج ڈیموکریسی کا زمانہ ہے۔ ملک میں صنعتی ارتقا ہو رہا ہے اس لئے پُرانے طرز کے مشترکہ خاندان کا ڈھانچہ قائم رکھنا رجعت پسندی ہے۔ ایک نوجوان لڑکے کو مجبور کرنا کہ وہ مشترکہ کنبے کی جکڑ بندیوں میں رہے عاقبت نااندیشی ہے۔ پتاجی ٹھیک کہتے ہیں۔ دیش کے ہر نوجوان کو اپنے پاؤں پر کھڑا ہو جانا چاہئے اور میں تو کہتی ہوں کہ چنتامنی اس ملک کا پہلا باغی ہے جو قدامت کی زنجیر توڑ کر

چلا گیا ——— ہپ ہپ ہُرے !"

بڑی بہن ماڈرن ذہن رکھتی ہے۔ وہ ماڈرن اور قدیم زمانے کے درمیان لٹکی ہوئی ابھی تک کنواری بیٹھی ہے اور شائد وہ اسی طرح سائینٹفک بنیادوں پر عمر بھر شادی نہ کرے۔ اگرچہ میں نے اس کا تکیہ کئی بار آنسوؤں سے بھیگا ہوا دیکھا ہے۔ مگر آنسوؤں کے باوجود وہ صنعتی ارتقار کا دامن نہیں چھوڑتی۔ اُس نے کئی اُمیدواروں کے ساتھ منگنی کرنے سے اس لئے انکار کر دیا کیونکہ وہ صنعتی ارتقار میں ادھورا یقین رکھتے تھے۔

بڑی بہن کی یہ بات سُن کر والدہ محترمہ بھڑک اُٹھیں اور دیوار کی طرف منھ کر کے بولیں۔

" یہ بہن ہے یا ڈائن ! چار لفظ پڑھ گئی تو اپنے بھیا سے پیار کرنا چھوڑ بیٹھی ——— "

والدہ محترمہ نے یہ الفاظ اس احتیاط سے کہے تاکہ بڑی بہن کے کان میں نہ پڑیں۔ کیونکہ بڑی بہن اپنی بیشتر تنخواہ کنبے پر خرچ کرتی ہیں۔ لیکن چھوٹی بہن شیطان ہے اُس نے یہ الفاظ بھی سُن لئے اور بولی۔

"ماں ! کیا بہن بھائی کی محبت کا شور مچائے جا رہی ہو۔ بہن کس سے محبت کرے ؟ چنتامنی سے ؟ جس نے تھرڈ کلاس میں میٹرک پاس کی تھی۔ میں کہتی ہوں یاد ہے، وہ وقت جب چنتامنی کو کالج میں داخل کرنے کا سوال اُٹھا تھا، تو اسی بڑی بہن نے جو آج بڑھ چڑھ کر اُسے باغی ہیرو بنا رہی ہے اُس کے کالج کا خرچہ اُٹھانے کی شدید مخالفت کی تھی ——— اور تم نے بھی کہا تھا کہ اُسے کریانہ کی دکان کھول دو۔"

ہماری یہ بہن خود بھی میٹرک میں فیل ہو گئی تھی اور اب سلائی مشین کا کام سیکھ رہی ہے۔ مورخین کی اس جنگ کے بعد بڑی بہن نے اعلان کر دیا کہ وہ چھوٹی کے سلائی اسکول کی فیس ادا نہیں کرے گی۔ (لہٰذا اس کی فوراً شادی کر دو)

قارئین! مجھے انتہائی افسوس ہے کہ چنتامنی کی خاطر مجھے اپنے کنبہ کی اندرونی حالت ظاہر کرنا پڑی۔ اور ایک باعزت کنبے کے لئے یہ ڈوب مرنے کا مقام ہے۔ لیکن پورا پس منظر دیئے بغیر چنتامنی کی تلاش ناممکن ہے۔ بہرکیف مورخین کے ان شدید اختلافات کی موجودگی میں وثوق سے کہنا ناممکن ہے کہ چنتامنی کیوں بھاگا؟ — بیکاری، بیزاری، کنوارپن، کند ذہنی، پٹائی، ڈیموکریسی صنعتی ارتقا، برہم چریہ، قربانی، بے وقوفی ——— ان میں سے کوئی ایک وجہ بھی ہو سکتی ہے یا ساری وجہیں بھی ہو سکتی ہیں۔ شاید چنتامنی ان تمام وجہوں کو اپنے ذہن میں پالتا رہا، پالتا رہا اور اُس دن یہ تمام وجہیں منزلِ مقصود کو پہنچ گئیں جب اچانک دو سو روپے اُس کے ہاتھ لگ گئے۔

یہ دو سو روپے میرے ایک دوست کی امانت تھے اور اب اُس نے مجھ پر مقدمہ کر رکھا ہے۔

عزیز چنتامنی کی تلاش میں ہم نے کوئی کسر نہیں اُٹھا رکھی۔ ریلوے اسٹیشنوں پر ڈھونڈا، جیل خانے چھانے، جوئے خانوں میں گئے، فلم کمپنیوں سے پوچھا۔ میری ماں درختوں سے پوچھتی پھری۔ والدِ محترم نے مختلف ریل گاڑیوں پر سفر کیا۔ لیکن چنتامنی جیسے ایک خدا تھا

کہ کہیں نہیں ملا۔

تھک ہار کر ہم نے جیوتشیوں اور نجومیوں کا رُخ کیا۔ ایک نجومی نے بتایا کہ وہ مشرق کو گیا ہے۔ دوسرے نے کہا، شمال کی طرف گیا ہے۔ ہم دونوں سمتوں میں گئے۔ کیونکہ ہم نے دونوں کو فیس ادا کی تھی۔ ایک اور جیوتشی نے بتایا کہ ایک کتا بھی اُس کے ساتھ ہے۔ ہم نے یہ بات بھی مان لی۔ کیونکہ ہمارے محلہ کا ایک کتا بھی اسی دن سے غائب ہے جس دن سے چنتامنی۔ نہ جانے کتے کو کیا سوجھی کہ بھاگ گیا۔ حالانکہ اس محلہ میں وہ بڑے ناز و نعمت سے زندگی گزار رہا تھا۔ والدِ محترم کا خیال ہے کہ کتا ایک وفادار جانور ہے ضرور اس کے ساتھ گیا ہوگا۔ مگر پنچایت کا بیان ہے کہ کتے کو کمیٹی والے زہر دے کر گھسیٹ لے گئے ہیں۔

ایک جیوتشی نے ہمیں ایک منتر پھونک کر دیا اور کہا کہ اسے آدھی رات کے بعد کسی قبرستان میں دفن کر آؤ۔ اس منتر کی طاقت سے چنتامنی کھنچا چلا آئے گا۔ چنانچہ میں ایک ڈاکو کو ہمراہ لے کر قبرستان میں اُس منتر کو دفن کر آیا۔ (بعض ڈاکو بڑے انسان دوست ہوتے ہیں) لیکن چنتامنی پر اس منتر کا کوئی اثر نہ ہوا۔ بعد میں جیوتشی نہ کورہ سے پوچھنے پر پتہ چلا کہ اس منتر کے دو قسم کے اثر ہوتے ہیں۔

نمبر ایک :- بھگوڑا مضطرب ہو کر گھر لوٹ آتا ہے۔

نمبر دو :- بھگوڑا تنگ آکر خودکشی کر لیتا ہے۔

شائد چنتامنی پر دوسرا اثر ہوا۔ (مگر ہائے چنتامنی! تمہاری ماں یہ ماننے پر تیار ہی نہیں ہوتی)۔

ایک خدارسیدہ پاگل عورت نے جس کے اندر کالی دیوی کا نواس ہے اور جو ہر منگلوار کو بال کھول کر "کھیلتی" ہے، یہ بتایا کہ لڑکا زندہ ہے، مگر اس کے من پر بوجھ ہے۔ اُس بوجھ کا اتارا کرو اور ایک کالی کتیا کو ہر روز کالے باجرہ کی روٹی اور سفید مکھن کی ٹکیہ کھلایا کرو۔ چنانچہ یہ حرام خود کتیا گزشتہ ڈیڑھ ماہ سے ہمارے ہاں گلچھرے اُڑا رہی ہے اور کھا کھا کر سارے محلہ پر بھونکتی رہتی ہے مگر احتراماً کوئی زبان تک نہیں ہلاتا۔

اشتہار ختم کرنے سے پہلے ایک طوطے کا ذکر خالی از دلچسپی نہیں رہے گا کہ ایک ماہر نجوم کی ہدایت پر ہم نے بازار سے ایک طوطا خریدا۔ آج کل گمشدگیوں کی وارداتیں زیادہ ہونے کے باعث طوطوں کا بھاؤ بے حد بڑھ گیا ہے۔ بلکہ اعلیٰ نسل کے طوطے تو ملتے ہی نہیں (بلیک میں مل جاتے ہیں) اور صرف پھٹیچر طوطے ہی باقی رہ گئے ہیں۔ چنانچہ ہم نے پندرہ روپے میں ایک مجنوں قسم کا طوطا خریدا۔ اُسے پھل اور میوے کھلا کھلا کر اُڑانے کے قابل بنایا۔ اور پھر مندرجہ ذیل چٹھی پر اس ماہر نجوم نے پھونک ماری اور طوطے کے گلے میں باندھ دی۔ چٹھی یوں تھی۔

اُڑ جا طوطے، کھا کر غوطے، واہ رے تیرے بل بوتے
چنتامنی سے جا کر کہہ دے، رے سب ہیں روتے
تیرے سہارے ہوتے سوتے

طوطے کو دُور جنگل میں لے جا کر فضا میں اُڑا دیا اور مطمئن ہو کر گھر لوٹ آئے۔ گھر لوٹے تو طوطا پھر گھر میں موجود۔ ہم نے پوچھا "میاں مٹھو! کیا ہوا؟"

وہ بولا ——۔ "پستہ کھاؤں، پستہ کھاؤں"

ہم نے اس نابکار کو مزید پستہ کھلانا مناسب نہ سمجھا اور تنگ آکر

اس بے وفا جانور کو اُسی طوطا فروش کے ہاں آدھے دام پر واپس دے آئے۔

قارئین کرام! ہماری یہ تمام کوششیں ظاہر کرتی ہیں کہ چنتا منی ہمیں کتنا عزیز ہے۔ اس لئے میں ملک بھر کے تمام بہن بھائیوں سے اپیل کرتا ہوں کہ وہ اگر چنتا منی کو کہیں دیکھیں تو سیدھے ہمارے ہاں لے آئیں۔ خدمتِ خلق کا تقاضا تو یہ ہے کہ یہ کام مفت کیا جائے۔ لیکن زمانہ چونکہ صنعتی ارتقا کا ہے۔ اس لئے خدمتِ خلق کا تقاضا واجب معلوم نہیں ہوتا۔ لہٰذا ہم بطور انعام کچھ گپت دان ضرور پیش کریں گے۔ آنے جانے کا کرایہ بھی دیں گے، بشرطیکہ سفر تھرڈ کلاس میں کیا جائے۔

اور اگر چنتا منی خود اس اشتہار کو پڑھے تو گھر چلا آئے۔ میں یہ کہہ کر چنتا منی کو پریشان نہیں کرنا چاہتا کہ اُس کی ماں بسترِ مرگ پر پڑی ہے، یا والدِ محترم نے کھانا پینا ترک کر رکھا ہے —— نہیں یہاں سب خیریت ہے۔ سارے کنبہ کی صحت بدستور اچھی ہے۔ والد صاحب کو کھانا بدستور ہضم ہو جاتا ہے۔ ماں بھی بدستور پڑوسنوں سے ہر روز لڑتی ہے۔ اس لئے چنتا منی کو بے خطر ہو کر گھر آجانا چاہئے تاکہ کم از کم ہم اُس کالی کتیا کو تو گھر سے باہر نکال سکیں —— "چنتا منی جلدی آجاؤ بھیّا! ورنہ اگر وہ دو سو روپے سارے کے سارے خرچ ہو گئے تو تمہارے واپس آنے کا کوئی فائدہ نہیں رہے گا۔"

آلوؤں کا لیڈر

اور پھر ایک دن آلوؤں کا لیڈر مر گیا۔

آلوؤں کے لیڈر کا شبھ نام شری گوٹے کناری والا تھا۔ ایک دن پہلے تک وہ شہر کی کارپوریشن کا میئر تھا۔ اچھا بھلا، اُسے کوئی بیماری نہیں تھی۔ چیونٹی تک اُسے کاٹتے ہوئے ڈرتی تھی۔ لیکن رات کو اس نے خودکشی کرلی اس کی خودکشی پر کسی کو تعجب نہیں ہوا۔ لوگ جیسے اس خودکشی کا انتظار کر رہے تھے۔ اُس کی موت پر صرف اُس کے رسوئیے نے آنسو بہائے کیونکہ اُسے اُسی دن تنخواہ لینی تھی۔

شری گوٹے کناری والا آلوؤں کے لیڈر کے نام سے مشہور تھا اور آلو ہی اُس کی موت کا باعث بنا۔ ایک اخباری رپورٹر نے مسکراتے ہوئے کہا "اُسے گلے سڑے آلو کی طرح موت کی نالی کی طرف لڑھکا دیا گیا" جس دن وہ پرلوک سدھارا، اُسی دن ـــــ مگر نہیں، کہانی اُس دن شروع نہیں ہوئی۔ دو سال پہلے شروع ہوئی تھی۔

دو سال پہلے اچانک شہر میں آلوؤں کا قحط پڑ گیا۔ آلوؤں کو دیکھ کر بینگنوں نے بھی رنگ پکڑا اور بینگنوں کو دیکھ کر ماسٹر رنگی رام نے شیو کی اُجرت بلیک پیسے

بڑھادی اور جب ہری چندرکشا پُلر شیو کراکر نکلا تو اس نے طیش میں آکر اسٹیشن تک فی سواری دس پیسے بڑھادیے اور جب ایک کلرک اپنی محبوبہ کے ساتھ اُس کی رکشا میں سوار ہوا تو افسوسناک انداز میں اپنی محبوبہ سے کہنے لگا "پیاری! آئندہ سات دن کی بجائے پندرہ دن بعد ملا کریں گے۔"

"کیوں پیارے؟"

"کیونکہ آلو مہنگے ہوگئے ہیں۔"

"یہ آلو کہاں چلے گئے؟" ہر آدمی نے دوسرے کے گھر جا جا کر اس طرح پُوچھنا شروع کیا جیسے ماتم پُرسی کرنے آیا ہو۔ محلہ ابھاگی پورہ کی عورتوں نے "دیوی رام" سے استفسار کیا تو اُس نے کہا: "آلوؤں پر دیوی ماتا کا سایہ ہوگیا ہے اس لئے ایک بوری آلو ندی میں بہا کر ماتا کو قربانی دی جائے۔ چنانچہ ماتا کے ایک بھگت مراری لال نے (جس پر اغوا کا مقدمہ چل رہا تھا) بلیک میں آلوؤں کی بوری خرید کر ندی میں بہادی۔ اس کے باوجود اسے مقدمہ میں سزا ہوگئی اور آلو بھی سستے نہ ہوئے۔ لوگ مجبوراً بلیک مارکیٹ میں آلو خریدنے کے اس طرح عادی ہوگئے، جیسے بوڑھے کھانسی کے عادی ہوجاتے ہیں۔

اِس نازک موقع پر اچانک شری گوٹے کناری والا میدان میں اُتر آئے۔ اُن دنوں وہ کارپوریشن کے کونسلر تھے۔ باپ دادا سود کا کاربار کرکے جنتا کی سیوا کرتے تھے۔ لیکن شری گوٹے کناری والا نے جنتا کی سیوا کا دائرہ بڑھانے کے لئے کونسلری بھی قبول کرلی۔ شہر میں آلوؤں کا کرائسس پیدا ہوا تو انہیں کئی راتیں نیند نہ آئی۔ بدہضمی کی وجہ سے اُنھیں نیند نہ آنے کی شکایت پہلے بھی تھی مگر آلوؤں کے کھٹنے تو اُن کی نیند بالکل ہی اُڑادی۔

کئی راتوں کی نیند حرام کرکے جب وہ ایک دن صبح کو اُٹھے تو اُن کے ذہن میں "آلو آندولن" پورے پلان کے ساتھ تیار تھا۔ انھوں نے فوراً درجن بھر والنٹیروں کو بلایا اور خود نک سک سے درست ہوکر سفید براق کھدر کا بے داغ کُرتہ پاجامہ پہنا۔ لمبی لمبی گہری کالی تیل سے چمکائی ہوئی زُلفیں کندھے پر پھیلائے اور پاؤں میں کالا پمپ شو پہنے جب وہ مستانہ چال سے باہر نکلے تو ایسا معلوم ہوا جیسے اودھر سے آئی ہوئی کسی ٹورنگ ناٹک کمپنی کے ڈرامے "کالی ناگن" کا ہیرو چلا آرہا ہے۔

آلوؤں کا ناٹک کھیلنے کے لئے یہ کمپنی جب بازار میں نکلی تو عوام کا ماتھا ٹھنکا کہ ضرور کچھ ہونے والا ہے اور جس طرح بچے کسی ناٹک کمپنی کے ڈھنڈورچی کے پیچھے پیچھے لگ جاتے ہیں، اُسی طرح عوام بھی شری گوٹے کناری والا کے ساتھ ساتھ ہولئے۔ عوام ہمیشہ لیڈروں کو دیکھ کر بچپنے پر اُتر آتے ہیں ـــــ تھوڑی دُور چل کر جب یہ جلوس چوک میں پہنچا تو والنٹیروں کی صف میں سے جیسے ٹائم بم کی طرح ایک نعرہ پھٹ پڑا ـــــ "آلوؤں کی مہنگائی مُردہ باد! آلو آندولن زندہ باد۔ شری گوٹے کناری والا کی جے ہو۔"

مجمع میں سنسنی دوڑ گئی۔ والنٹیر ہر دو منٹ بعد نعرے لگا رہے تھے۔ جن سے ٹمپریچر تیز سے تیز تر ہوتا جا رہا تھا۔ شری گوٹے کناری والا نے اپنا خوبصورت اور دمکتا ہوا چہرہ جھکا رکھا تھا۔ جس سے مجمع کا اضطراب اور بڑھ رہا تھا۔ "کچھ کہو دیوتا! ہم تمہاری مدھروانی سُننے کے منتظر ہیں۔"

جب مجمع فرطِ جوش سے بے قابو ہونے لگا تو ایک دم کونسلر شری گوٹے کناری والا نے اپنا سڈول بازو ہوا میں لہرایا اور بُلند آواز میں نعرہ لگایا: "جنتا کیا چاہتی ہے؟"

"سستے کو ـــــ" ریکارڈ سے بھری ہوئی آوازیں آئیں۔

"تو کہو سستے آلو . . . ـــ"

"زندہ باد!"

اور پھر گراموفون کے ریکارڈوں نے دیکھا کہ اچانک آلوؤں سے بھری ہوئی ایک ریڑھی کونسلر کے پاس آکر رکی۔ کونسلر نے ریڑھی پر سے ایک ترازو اُٹھایا اور اعلان کیا کہ وہ آج سے اپنے ہاتھ سے آلو تول تول کر بیچیں گے۔ یہ آلو "نہ نفع نہ نقصان،" کے اصول پر بیچے جائیں گے اور آلو آندولن اُس وقت تک جاری رکھا جائے گا، جب تک آلوؤں کے اجارہ دار سوداگروں کے ہوش ٹھکانے نہیں لگ جاتے۔

یہ اعلان سُن کر مجمع کی طمانیت آپے سے باہر ہوگئی۔ وہ بڑھ چڑھ کر آلو خریدنے لگے۔ لیڈر کے مقدس ہاتھوں سے آلو خریدنا کتنا بڑا ثواب تھا۔ لوگوں نے اُن ہاتھوں کو چوم لینا چاہا جو آلو تول رہے تھے۔ انھیں گنگا جل کی طرح آنکھوں سے لگا لینا چاہا۔ ایک بوڑھے ریٹائرڈ کلرک کی آنکھوں سے خوشی کے آنسو بہہ نکلے اور وہ بولا "یہ گوٹے والا انسان نہیں دیوتا ہے۔ کاش! یہ میرا بیٹا ہوتا۔"

شری گوٹے والا نے بآواز بلند کہا "بابا! میں اب بھی تمہارا بیٹا ہوں ـــ میں آپ سب کا بیٹا ہوں۔" اُنھوں نے جنتا کی طرف اپنے بازوؤں کے پنکھ پھیلاتے ہوئے کہا اور تمام بابوؤں نے ایک ساتھ نعرہ لگایا "بھارت تیرا گوٹے والا امر رہے۔ بھارت ماتا کی جے ـــ!"

آن کی آن میں یہ خبر سارے شہر میں ٹڈی دَل کی طرح پھیل گئی کہ کونسلر گوٹے والا اپنے ہاتھ میں ترازو تھامے آلو بیچ رہے ہیں۔ اخباروں کے فوٹو گرافر

بھاگے بھاگے آئے۔ انھوں نے آلوؤں، ترازو اور گوٹے والا تینوں کے الگ الگ فوٹو لئے۔ رپورٹر آئے تاکہ صبح کے اخباروں میں عہد حاضر کی انوکھی خبر شائع کر سکیں۔ شہر کے دوسرے کونسلر ہانپتے کانپتے آئے تاکہ یہ دیکھ کر دانت پیس سکیں کہ گوٹے والا کس طرح ہمارے ہاتھ سے سیاست کی گیند لے بھاگا۔ شہر کی ہر عورت نے اپنی کھڑکی میں سے منہ نکال کر دوسری کو خبر سنائی کہ کوئی گوٹے والا نامی شخص ہے جو مٹی کے بھاؤ آلو بیچ رہا ہے۔ چلو دو دو کلو لے آئیں۔

اور دوسری صبح کے اخباروں میں شری گوٹے والا چھایا ہوا تھا۔ ایک رپورٹر نے لکھا!

"ایک دن کے آلو آندولن نے شہر میں مہنگائی کی جڑیں ہلا دیں۔"

دوسرے اخبار نے ایک آلو کی تصویر کو انلارج کر کے شائع کیا اور نیچے لکھا۔

"ایک گم شدہ آلو جسے کونسلر شری گوٹے والا نے تلاش کیا۔"

ایک تیسرے اخبار نے کونسلر گوٹے والا کا ایک جھوٹا اور فرضی انٹرویو شائع کر ڈالا جس کی تردید شری گوٹے والا نے اس لئے نہیں کی کیونکہ کوالٹی میں وہ اصلی انٹرویو سے کئی گنا بہتر تھا۔

ایک رپورٹر نے جو گوٹے والا کا مخالف تھا، یہ لکھا کہ آلو گلے سڑے تھے۔ لوگ صرف سستا مال سمجھ کر خرید لے گئے اور اب پچھتا رہے ہیں۔

ایک اور اخبار نے نقص نکالا ——— "ہمیں معتبر ذریعے سے معلوم ہوا ہے کہ ان پانچ من آلوؤں میں کونسلر گوٹے والا کو پچاس روپے گھاٹا پڑا جو گوٹے والا کے ایک سرمایہ دار دوست نے اپنی گرہ سے ادا کیا۔ موقع ملنے پر ہم اس سرمایہ دار کا نام شائع کرنے پر مجبور ہو جائیں گے۔"

اور پھر دوسرا دن، تیسرا دن، چوتھا اور پانچواں دن ——— آلو آندولن سڑکوں سے چل کر محلّوں اور گلیوں اور گلیوں سے گھروں میں داخل ہو گیا۔ رسوئی گھروں میں گھس گیا اور وہاں جا کر زور زور سے برتن کھڑکھڑانے لگا "سستے آلو زندہ باد! شری گوٹے والا پائندہ باد!" عورتوں، مردوں اور بچّوں کے دماغوں میں آلو تُلنے لگے، ترازو لٹکنے لگے۔ سارے شہر کو جیسے آلوؤں کے سوا کوئی موضوع ہی نہیں سوجھتا تھا۔ زندگی کی ساری لہریں، ساری خوشیاں سارے غم سمٹ کر گول گول آلوؤں میں ڈھل گئے۔ بوڑھے جب کھانستے، حسینائیں جب زُلفوں میں بل ڈالتیں، بھکاری جب اپنا کشکول پھیلاتے، کلرک جب اپنی بائیسکلوں میں ہوا بھرتے اور شاعر جب نظمیں لکھنے بیٹھتے تو آلو ایک محبوبہ کی طرح تصوّر میں ناچنے لگتا۔ آلو اور ترازو اور ان سب کے پیچھے سورج کی طرح پورب سے نکلتا ہوا کونسلر شری گوٹے کناری والا کا چہرہ ——— !

آلوؤں کا یہ آندولن ایک مہینے تک چلتا رہا۔ بلکہ یوں کہنا چاہیئے کہ آلوؤں سے زیادہ شری گوٹے والا چلتے رہے۔ عوام نے شری گوٹے والا کے ہاتھ سے ترازو لے لیا اور اُن کے جلوس نکالنے لگے۔ سستا آلو ڈپوؤں کے افتتاح کروانے لگے، جلسوں میں تقریریں کروانے لگے۔ اُن کی تصویروں کو ہار پہنانے لگے اور جگہ جگہ مطالبے کرنے لگے کہ شری گوٹے والا صرف آلو تولنے کے لئے اس دنیا میں نہیں آئے بلکہ کسی بڑے مقصد سے آئے ہیں۔ اِس لئے انھیں شہر کی باگ ڈور سونپ دی جائے، اُنھیں شہر کا میئر بنا دیا جائے ورنہ عوام بغاوت کر دیں گے۔ ایڈمنسٹریشن کا بائیکاٹ کر دیں گے۔

چنانچہ ایک دن عوام جب شری گوٹے والا کو آلوؤں کا ہار پہنا کر جلوس کی شکل میں میئر کے دفتر کی طرف بڑھ رہے تھے تو میئر اپنا استعفیٰ دے کر دفتر سے

باہر نکل رہا تھا۔ عوام نے فتح کا نعرہ لگاکر شری گوٹے والا سے درخواست کی۔
"اے دیوتا! اس خالی کرسی پر بیٹھ جائیے۔"
"اور میں نے عوام کے فیصلے کے سامنے سر جھکا دیا۔" دوسرے دن نئے میئر شری گوٹے والا نے ایک پریس انٹرویو میں کہا۔

ایک سال بعد شہر میں پھر آلوؤں کا قحط پڑ گیا۔
آلوؤں کو دیکھ کر بینگنوں نے بھی رنگ پکڑا۔ بینگنوں کو دیکھ کر ماسٹر رنگی رام حجام نے، ہری چند رکشا ڈیلر، رام نواس سیلز انسپکٹر، راجا رام بزاز اور کیول چند ڈیری والے سبھی نے رنگ پکڑ لیا۔ کالی زبان والی دیوی ماں نے آلوؤں پر کوپ کا اعلان کیا اور اُس کے بھگت مراری لال نے (جس پر اس مرتبہ سونے کی سمگلنگ کا مقدمہ چل رہا تھا) آلوؤں کی دو بوریاں بلیک میں خرید کر ندی میں پھنکوا دیں ــــ اس طرح ہر ایک نے اپنی اپنی تاریخ دُہرائی۔ اس کے باوجود بوڑھے بدستور کھانستے رہے اور آلو بدستور بلیک مارکیٹ میں بکتے رہے۔
"یہ آلو کہاں چلے گئے؟" شہر کا ہر آدمی دوسرے کے گھر جاکر اس طرح پوچھنے لگا جیسے ماتم پُرسی کرنے آیا ہو۔ لیکن کسی کی سمجھ میں کچھ نہیں آرہا تھا۔ لوگوں کا ایک وفد شری سلمہ ستارے والا کونسلر کی رہنمائی میں میئر شری گوٹے کناری والا سے ملاقات کے لئے پہنچا۔ وہ اُس وقت آلوؤں کے سوداگر شری گانٹھا پرشاد جی کی کوٹھی پر بیٹھے وہسکی نوش فرما رہے تھے۔ انھوں نے وفد سے ملنے سے انکار کر دیا۔ اس پر کونسلر شری سلمہ ستارے والا نے گلا پھاڑ کر نعرہ لگایا "جنتا کیا چاہتی ہے؟"
"سستے آلو" ریکارڈ میں بھری ہوئی آواز آئی۔

"آلوؤں کی وہسکی پینے والا"

"مردہ باد!"

اور پھر جب آلوؤں کے سوداگر شری گانٹھا پرشاد جی کی کوٹھی کی کھڑکی کے ہلکے شیشے کو توڑتا ہوا ایک پتھر وہسکی کے بھرے گلاس سے ٹکرایا تو میئر شری گوٹے کناری والا آگ ببھوکا ہو گئے۔ انھوں نے فوراً ٹیلی فون کر کے پولیس کو بلایا۔ جس نے میئر کی جان کی حفاظت کے لئے مجمع پر لاٹھی چارج کیا۔ کونسلر شری سلمہ ستارے والا کے کان سے خون بہنے لگا۔ دوسرے دن اخباروں نے اس کان کا فوٹو انلارج کر کے شائع کیا۔ سارے شہر میں ہڑتال ہو گئی۔ شام کو ایک زبردست جلسہ ہوا، جس میں کونسلر شری سلمہ ستارے والا نے اپنے زخمی کان کی سوگند کھاتے ہوئے کہا کہ چاہے شہر کے ہر باشندے کے کان لہولہان کر دیئے جائیں، وہ ایک ظالم، کرپٹ، بے ایمان اور عیاش میئر کو یہ اجازت نہیں دیں گے کہ وہ آلوؤں کے اجارہ دار سوداگروں کی وہسکی کے ایک جام پر عوام کی زندگیوں سے کھیلیں۔

اور پھر شہر میں ایک بار پھر آلو اندولن شروع ہو گیا۔

یہ آندولن، پورے ڈیڑھ مہینے تک چلتا رہا۔ سینکڑوں من سستے آلو نہ جانے کہاں سے، کسی جادو کے زور سے، کس بھگوان کی برکت سے شہر میں آ کر سستے داموں فروخت ہونے لگے۔ ہر روز جلسے، جلوس اور مظاہرے ہوتے۔ جس میں میئر سری گوٹے والا کے ایک سالہ عہدِ حکومت کی پول کھولی جاتی، اُس کے ظلم، بے ایمانی اور عیاشی کی داستانیں سُنا سُنا کر عوام کو اُبھارا جاتا۔ اخباروں میں اس کی دو کوٹھیوں، تین فیکٹریوں اور آلوؤں کے کولڈ سٹوریج کے فوٹو شائع کئے جاتے۔ اُس حسینہ کی تصویر بھی شائع کی گئی جو شری گوٹے والا کے ساتھ

ایک پہاڑی جھیل میں بوٹنگ کر رہی تھی۔ اخبار نے تو یہاں تک لکھ دیا کہ میئر شری گوٹے والا کا وزن گزشتہ ایک سال میں چالیس کلو بڑھ گیا ہے۔

پھر ڈیڑھ ماہ بعد جب شری سلمہ ستارے والا کونسلر کی رہنمائی میں عوام کا ایک بہت بڑا جلوس میئر شری گوٹے کناری والا کے دفتر کی طرف بڑھ رہا تھا تو کسی نے عوام کو یہ خوشگوار خبر سنائی کہ میئر نے آج صبح اپنے کمرے میں خودکشی کر لی ہے۔

اور میئر کی خالی کرسی پر جب عوام نے شری سلمہ ستارے والا کو بیٹھنے کا حکم دیا تو اس نے ہاتھ جوڑ کر جنتا سے کہا "گوٹے کناری والا ایک گلا سڑا آلو تھا جسے آپ نے موت کی نالی کی طرف لڑھکا دیا"

عالمِ بالا پر

جب میرا انتقال ہوگیا اور شک وشبہ کی کوئی گنجائش نہ رہی، حتیٰ کہ اس عظیم المرتبت ڈاکٹر نے بھی تصدیق کردی جس نے انتقال کے فوراً بعد اپنی فیس مانگ لی تھی تو میری موت پر تمام اعزا واقربا رونے دھونے میں مصروف ہوگئے۔ چنانچہ اِس مصروفیت سے فائدہ اُٹھا کر میں نے قفسِ عنصری سے پرواز کی اور کھڑکی کے ٹوٹے ہوئے شیشہ کے راستہ باہر نکل گیا۔

باہر گھٹاٹوپ اندھیرا تھا۔ اگرچہ برقی قمقمے پوری آب وتاب سے جل رہے تھے۔ لیکن اس کے باوجود کچھ دکھائی نہیں دیتا تھا۔ میں نے آنکھیں نکال کر دیکھنا چاہا۔ لیکن آنکھیں غائب تھیں۔ اور میں اپنی عینک بھی گھر چھوڑ آیا تھا۔ اللہ! میری آنکھیں کہاں گئیں۔ اور اگر آنکھیں نہیں ہیں تو یہ برقی قمقمے مجھے کیوں دکھائی دے رہے ہیں۔ میں خوف زدہ ہوکر رُک گیا۔ مجھے یوں لگا جیسے یا تو میرے پاؤں نہیں ہیں یا دھرتی غائب ہوگئی ہے۔ میں نے گھبرا کر ہاتھوں کو چھُوا۔ ہاتھ بھی نہیں تھے۔ میں نے سامنے فیکٹری ایریا کی طرف دیکھا۔ پُورا ایریا غائب تھا۔ مُنھ موڑ کر اپنے گھر کی طرف دیکھا۔ گھر بھی ندارد! یاالٰہی! یہ سب چیزیں کہاں گئیں؟ کیا یہ سب چیزیں مرگئیں؟ کیا میرے ساتھ ہی سب فنا ہوگئے۔ کیا جب ایک انسان مرتا ہے تو اُس کے ساتھ ساری کائنات مرجاتی ہے۔ ساری سڑکیں مرجاتی ہیں۔ سارے

مکان مر جاتے ہیں۔ سارا ٹریفک مر جاتا ہے؟

"ہا ہا ہا ہا!" اچانک ایک تمسخر آمیز قہقہہ سنائی دیا۔ لیکن اگر میرے کان نہیں ہیں تو سُن کس چیز سے رہا ہوں؟ سوچ کیسے رہا ہوں اور چل کیسے رہا ہوں؟ حواسِ خمسہ کی یہ شرارت بڑی حیرت انگیز تھی۔

"کون ہو تم؟"

میں نے قہقہہ سے خطاب کیا۔

(اور یہ قوتِ ناطقہ کہاں سے آ گئی؟)

اتنے میں ایک نرم و نازک ہاتھ نے مجھے اُٹھا لیا اور مجھے لے کر ہوا میں اُڑنے لگا۔

میں نے عرض کیا۔

"تم کون ہو؟"

"تمہاری محبوبہ!"

رسیلی آواز میں جواب آیا۔

"کون ہو؟ کانتا؟"

"نہیں!"

"سلمیٰ ہو؟"

"نہیں!"

"تو پھر کون ہو؟ شوبھا، دُرگا، مالتی، رام پیاری.....؟"

"میں ان سب کا کمپچر ہوں۔ یعنی ان میں سے کسی کے ہونٹ، کسی کی آنکھیں، کسی کے ہاتھ، کسی کے گیسو..... قہ قہ قہ قہ۔ مکمل محبوبہ، تمہاری تمناؤں کا مکمل عکس....."

"تم دُنیا میں کیوں نہیں ملیں؟" میں نے فلمی قسم کا ڈائیلاگ بول کر رومانٹک بننے کی کوشش کی۔

"کیونکہ دنیا میں تم صرف میرا خواب دیکھتے تھے اور حقیقت سے ڈرتے تھے۔ سماج سے ڈرتے تھے نا۔ قہ قہ قہ ....."

میں قدرے نادم ہوا۔

اُس سے پوچھا۔

"اب تم مجھے کدھر لئے جا رہی ہو؟"

"ترشہ تمناؤں کے پَروں پر سوار کر کے محبت تمہیں اُڑائے لئے جا رہی ہے اُس قوتِ اعلیٰ کی طرف، جو تمام ترشہ نیکیوں کی خالق ہے۔"

"میری محبوبہ تو فلاسفر بھی ہے۔" میں نے مسکرا کر سوچا۔

مجھے اُس کا یہ فقرہ یوں لگا جیسے اس نے کسی کتاب میں سے رَٹ رکھا ہے۔ مجھے شک ہوا کہ میری محبوبہ چور ہے۔ دوسروں کے فقرے چُراتی ہے۔ یہ سوچ کر مجھے وہ شاعر حضرت نادار دولت آبادی یاد آگیا۔ جو اپنی غزل سُنا کر ہمیشہ کہا کرتا تھا۔

"صاحبان! یہ توارد ہے۔ سرقہ نہیں ہے۔ دونوں میں بڑا فرق ہوتا ہے!"

(اُس کی تمام غزلیں توارد کا شکار ہو گئی تھیں۔)

نہ جانے محبوبہ نے میرے دل کی بات بھانپ لی یا کیا ہوا کہ اچانک اُس نے ایک جھٹکے کے ساتھ اپنا ہاتھ چھوڑ دیا۔ اور میں جیسے یکہ و تنہا فضا میں جھولنے لگا اور پھر جیسے ایک گھرا نیلا بادل میری گردن سے لپٹ گیا۔ بالکل ایک رسّی کی طرح۔ اور مجھے یوں محسوس ہوا کہ وہ مجھے یوں اُوپر ہی اُوپر کھینچنے لگا ہے جیسے

کنوئیں سے پانی کی گڑوی کھینچتے ہیں۔
میں چیخا۔
"ارے ظالم! میرا دم گھٹ جائے گا!"
بادل نے بڑے شاعرانہ لہجہ میں کہا۔
"گھبراؤ نہیں
دم ہوا کی موج ہے دم کے سوا کچھ بھی نہیں"
مصرع سن کر میں نے داد کے لئے تالی بجانی چاہی۔ لیکن جیسے قریب سے کسی نے کہا۔
"شش! یہاں تصنع ممنوع ہے۔ خواہ مخواہ اپنی سزا میں کیوں اضافہ کرتے ہو؟"
میں نے آواز کی طرف دیکھا۔
"آپ کا اسم شریف؟"
"ڈلا رام پنساری"
میں اسے پہچان گیا۔
ڈلا رام پنساری ہلدی اور کالی مرچوں کا تھوک سوداگر تھا اور ان میں ملاوٹ کیا کرتا تھا۔ اس کی گردن میں بھی بادل کا رسہ بندھا تھا پھر میں نے دور تک غور سے دیکھا تو بہت سے بادلوں کی بہت سی رسیاں بہت سے انسانوں کے گلے میں بندھی ہوئی تھیں۔
"ہوں! تو یہ سب حضرات انتقال فرما کر جا رہے ہیں"
میں نے اُن میں سے کئی لوگوں کو پہچان لیا۔
بنسی دھر وکیل تھا جس کی چار جوان بیٹیاں جہیز نہ ہونے کی وجہ سے کنواری

بیٹھی تھیں۔ گورنام سنگھ ڈرائیور جس نے آٹھ آنے کی خاطر ایک دوسرے ڈرائیور کے چھرا گھونپ دیا تھا۔ حیدر بخش کباڑیا جو گورنمنٹ اور بیوی دونوں سے دھوکا کیا کرتا تھا۔

کئی انتقال یافتہ حضرات ایسے بھی تھے جنہیں میں پہچان نہ سکا۔ کئی فرانس یا برطانیہ کے اطراف کے معلوم ہوتے تھے۔ جنھوں نے مجھے دیکھتے ہی نسلی تعصب سے اپنا منھ موڑ لیا۔

(خدا کے سامنے جا کر ان کی شکایت ضرور کروں گا۔)

کچھ دیر اُڑتے رہنے کے بعد اچانک ایک دھماکا سا ہوا۔ جیسے ہزاروں سر ایک ساتھ کسی چھت سے جا ٹکرائے ہوں اور پھر جیسے ہزاروں سورجوں کی روشنی چاروں طرف پھیل گئی اور ہزاروں ارغنون بجنے لگے اور حمد و ثنا کے ہزاروں گھنٹے ٹنٹنا اُٹھے۔

مجھے شک ہوا کہ یہ شاید دنیا کے عظیم ترین طنز نگار فکر تونسوی کے استقبال کی تیاریاں ہو رہی ہیں۔ میرا دل فرطِ مسرت سے دھڑکنے لگا۔ کیونکہ خدا کے ساتھ قربت کا لمحہ نزدیک آرہا تھا۔ میں خدا سے دو چار ڈائرکٹ باتیں کرنا چاہتا تھا اور بالخصوص دنیا کا اڈمبر رچنے کی حقیقی وجہ تسمیہ معلوم کرنا چاہتا تھا۔

اُس وقت میں رُوئی کے ایک ہلکے پھلکے گالے کی طرح اُڑ رہا تھا۔ فضا میں ہزاروں گالے میری طرح بھٹکتے پھر رہے تھے۔ یوں لگتا تھا جیسے بہت سے رفیوجی اپنے گھر بار سے الگ ہو کر اپنے کلیم کے فارم ہاتھوں میں لئے گھوم رہے ہوں۔ رفیوجیوں کے ساتھ یوں بھٹکنا مجھے بُرا لگا۔ کیونکہ اِس سے میری انفرادیت خطرے میں پڑ رہی تھی۔ چنانچہ میں نے زور سے پکارا۔

"اے خدا تو کہاں ہے ؟"

ہزاروں آوازیں ایک ساتھ گنبد کی آواز کی طرح گونجیں۔

"اے خدا تو کہاں ہے ؟"

میں نے کہا۔

"بیٹا فکر تونسوی ! یہاں تو انفرادیت قائم رکھنا انتہائی مشکل نظر آتا ہے" (لہٰذا دوبارہ خدا کو پکارنے کا حوصلہ نہ پڑا۔)

میں نہیں جانتا میں کتنے ہزار برس اسی طرح خلاء میں بھٹکتا رہا۔ کیونکہ بعد میں مجھے معلوم ہوا کہ عالمِ بالا کا ایک منٹ ہماری زمین کے سینکڑوں برسوں کے برابر ہے۔ وہاں وقت اتنا دھیما چلتا ہے کہ پورا مغلیہ عہد آدھے منٹ میں ختم ہوسکتا ہے۔ وقت کی یہ کاہلی مجھے قطعی پسند نہ آئی۔ بہرکیف بالآخر وہ ثانیہ آگیا جب ایک فرشتہ نے مجھے اپنی چھنگلیا پر چپکالیا۔ اور خلائے بسیط وبالا کے ایک دروازہ میں داخل کردیا۔

دروازہ کے اندر ایک میز پر ایک کلرک ایک بہت بڑا رجسٹر کھولے بیٹھا تھا۔

مجھے دیکھتے ہی بولا۔

"کون ہو، کہاں سے آئے ہو ؟ اپنا نام اور پتہ لکھواؤ۔"

میں نے تڑپ کر کہا۔

"کیا مطلب ؟ آپ مجھے نہیں جانتے ؟ مجھے تو سارا ہندوستان جانتا ہے۔ میرا نام فکر تونسوی ہے !"

"کون سی مخلوق سے تعلق رکھتے ہو ؟" مجھ سے دوسرا سوال کیا گیا۔

"رائیٹر۔ رائیٹر۔ میرا مطلب ہے ادیب ہوں۔ لیکھک۔ طنز نگار۔"

کلرک نے سر کھجایا۔ بے چارہ کوئی اَن پڑھ ہوگا۔ لائیٹر کے معنی بھی نہیں جانتا تھا۔ اُس کے ساتھی کلرک نے مجھ سے کہا۔

"دیکھو گھبراؤ نہیں۔ اپنا صحیح صحیح پتہ لکھوا دو۔ تاکہ تمہارے لئے سزا و جزا کا فیصلہ کرنا آسان ہو جائے۔"

میں نے جواباً تُھن کر کہا۔ "تو لکھیئے۔ مکان نمبر سی، اکیاون۔ موتی نگر۔ شہر دہلی۔ ملک ہندوستان۔"

"یہ ہندوستان کیا ہے؟ کون سے سیارے میں ہے؟"

"آپ ہندوستان کو بھی نہیں جانتے؟ اتنی بڑی عظیم سنسکرتی کا ملک! اور آپ پوچھتے ہیں ہندوستان کیا ہے۔ سخت افسوس آتا ہے آپ کی نامکمل معلومات پر۔ ارے صاحب! ہندوستان وہ ہے جہاں کُنبھ کا میلہ لگتا ہے۔ جہاں پیپل کی پُوجا ہوتی ہے۔ جہاں گائے اور مسجد پر فساد ہوتے ہیں۔"

سب کلرک جو فرشتے سے معلوم ہوتے تھے ایک دوسرے کا مُنھ تکنے لگے۔ جیسے کہہ رہے ہوں۔

"ہوپ لیس کیس ہے۔"

میرا اپنا گلا بھی فرطِ غم سے بھر آیا۔ کیونکہ میرا تو خیال تھا کہ میری موت جس پر سارا ہندوستان آنسو بہار ہا تھا اُس کی اطلاع یہاں پہنچ گئی ہوگی۔ لیکن یہاں فکر تونسوی تو ایک طرف ہندوستان تک کو کوئی نہیں جانتا تھا اور اُدھر ہمارے ہندوستانی تھے کہ دن رات خدا کے گُن گاتے تھے۔ چند تک خدا کا نام لے کر نقب لگاتے تھے۔ یہاں خدا کے رجسٹر میں ہندوستان کے چوروں کا خانہ ہی غائب تھا۔

جھلا کر میں نے کلرک سے کہا۔

"دیکھئے صاحب! آپ مجھے خدا سے ملا دیجئے۔ وہ مجھے آپ سے زیادہ بہتر

جلتے ہیں۔"

"ویری سوری!" ایک فرشتہ نے کہا۔ "وصالِ خدا صرف پنتالیسویں جنم کے بعد ہی ممکن ہے۔ آپ صرف یہ بتا دیجئے کہ آپ کون سے سیارے سے آئے ہیں؟"

"زمین کے سیارے سے۔"

"زمین کا سیارہ کہاں واقع ہے؟"

فکر تونسوی۔ دہلی۔ ہندوستان..... اور اب یہ زمین کے سیارے کو بھی نہیں جانتے۔ میں نے طنزاً کہا۔

"حضرات! آپ کا جغرافیہ بہت کمزور ہے۔ اے صاحب! زمین وہ سیارہ ہے جو چاند کے قریب واقع ہے۔ چاند یعنی چندا ماموں، جہاں ایک بڑھیا بیٹھ کر چرخہ کاتا کرتی ہے۔ جہاں پچھلے دنوں ہم نے ایک راکٹ بھیجا تھا۔"

لفظ چرخہ جس پر ہماری پوری تحریکِ آزادی استوار کی گئی تھی بے کار گیا۔ ایک بوڑھے فرشتہ نے ملائکہ سے کہا۔

"دیکھئے، آپ ذرا ہماری مجبوری کا احساس کیجئے۔ خدائے بلند و برتر کی کائنات بہت وسیع ہے۔ اس میں لاکھوں سیارے، لاکھوں چاند اور لاکھوں سورج ہیں۔ اس لئے ناراض نہ ہوجئے اور ذرا رُکئے...."

یہ کہہ کر اُس نے ایک اور رجسٹر اٹھایا۔ تھوڑی سی ورق گردانی کی اور آخر ایک ننھے سے خانے پہ انگلی رکھ کر بولا۔

"مل گیا! یہ صاحب دراصل زمین کے اس حقیر سیارے سے تشریف لائے ہیں جہاں انسان نامی مخلوق بستی ہے۔"

انسان کے نام پر سب فرشتوں نے مُنہ بنالیا۔

"لہٰذا اس کیس کو...." بوڑھے فرشتہ نے بات جاری رکھی "آپ پسماندہ سیاروں کے سیکشن میں بھیج دیجئے!"

اور پھر جب ایک شفاف سا فرشتہ مجھے پھر اپنی چھنگلیا پر چپکا کر پسماندہ سیاروں کے سیکشن میں چھوڑ گیا تو میری جان میں جان آئی۔ کیونکہ یہاں میرا جانا پہچانا ماحول تھا۔ وہی غلاظت، وہی ظلمت، وہی تنگی، وہی گھٹن جو میری پیاری زمین کے ساتھ مخصوص تھی، مجھے یہاں مل گئی اور میری روح موتیئے کے پھول کی طرح کھل اٹھی۔

پسماندہ سیاروں کے سیکشن میں اَن گنت کھڑکیاں بنی ہوئی تھیں۔ ٹرانسپورٹ سروس کے فرشتہ نے مجھے عین اُس کھڑکی کے پاس اُتار دیا جس پر لکھا تھا۔

"اہلِ زمین کا دفترِ اعمال!"

دفتر کے باہر انسانوں اور دوسرے حشرات الارض کا ایک ہجوم تھا۔ جو مکھیوں کی طرح بھنبھنا رہا تھا۔ کوئی ڈسپلن نہیں تھا۔ کوئی کیو نہیں تھا۔ ایک بے ہنگم شور تھا، جیسے ہمارے یہاں کی کچہریوں یا انٹرویو دفتر کے سامنے نوکری کے خواہشمندوں کا ہوتا ہے۔ وہ ایک دوسرے کو دھکے مار مار کر آگے بڑھ رہے تھے۔ ہر شخص سب سے پہلے کھڑکی پر پہنچنے کا خواہش مند تھا۔ کچھ رو رہے تھے، کچھ گا رہے تھے۔ کچھ ایک دوسرے کو فری اسٹائل مکا بازی سے لہولہان کر رہے تھے۔ اُن میں مختلف قوموں، ملکوں اور تہذیبوں کے افراد تھے۔ زرد، سرخ، سفید اور سیاہ رنگ کے افراد اور وہ سبھی ایک دوسرے کی اُنگلیاں توڑ رہے تھے۔ اور ہر اُنگلی ٹوٹنے پر اللہ اکبر اور جے شیو شمبھو کی قسم کے مذہب پرستانہ نعرے لگاتے تھے اور قومی ترانے گاتے تھے۔ الامتّم کی خوشی میں بندروں کی طرح کودتے تھے۔

کچھ دیر تک تو مجھے اپنی نسل کی مخلوق میں رہ کر لطف آتا رہا۔ لیکن ایک مرتبہ جب ایک ہاتھی نے مجھے خواہ مخواہ سونڈ سے اٹھا کر اچھال پھینکا تو سارا مزا کرکرا ہو گیا۔

میں نے ہاتھی مذکور سے کہا۔

"حضرت! یہ غیر مہذبانہ حرکت کس سلسلے میں ہے؟"

لیکن وہ چونکہ ایک کلاسیکل سنگیت گانے والے کلاکار کو سونڈ پر اچھالنے میں مصروف ہو گیا تھا اس لئے میری بات کا جواب نہ دے سکا اور میں جو انتقال کے بعد نہ جانے کیسے کیسے بلند خیالات اور احساسات لے کر یہاں آیا تھا یکدم اداس ہو گیا۔ خدا سے ملاقات کی امیدیں تو پہلے ہی خاک میں مل چکی تھیں۔ اور اب اگر کوئی احساس باقی رہ گیا تھا تو صرف اپنی بے مائیگی کا، اپنی بے بسی کا اور اُس فیصلہ کا جو میرے مستقبل کے بارے میں نہ جانے کب ہونے والا تھا۔

بالآخر ہمت کر کے میں بھی انسان بن گیا۔ دھکم پیل شروع کر دی۔ اور کسی نہ کسی طرح کھڑکی کے قریب پہنچ گیا۔ اور کلرک فرشتہ کو جو ہمارے سنٹرل سیکرٹریٹ کے کلرک کی طرح بے حد تھکا ماندہ اور پریشان خاطر نظر آ رہا تھا اپنا نام اور پتہ بتا کر عرض کیا۔

"جناب: براہِ کرم ذرا میرے اعمال کی فائل ملاحظہ کیجئے۔ اور بتایئے کہ میری آئندہ پوزیشن کیا ہے؟"

کلرک فرشتہ نے بادلِ ناخواستہ فائل کھولی، اُسے اُلٹا پلٹا۔ اور ایک پھیکی مسکراہٹ کے ساتھ بولا۔

"کیا یہ ٹھیک ہے کہ تمہاری ماں تمہیں سوکھے ہوئے سنگھاڑے اُبال کر کھلایا کرتی تھی؟"

"بجا فرماتے ہیں آپ!"

"کیا یہ صحیح ہے کہ تم انسانوں کی اخلاقی گراوٹوں اور رذیل حرکات سے بہت دُکھی رہتے تھے ؟"

"صحیح ہے جناب !"

"اور کیا یہ بھی صحیح ہے کہ تم نے عمر بھر اپنی تحریروں سے نوعِ انسانی کی بہبودی کے لئے کوشش کی ؟"

فرشتہ نے ایسے ہی متعدد سوالات کئے۔ جن کا جواب مجھے مجبوراً اثبات میں دینا پڑا۔ کیونکہ جھوٹ بولنے پر سزا بڑھ جانے کا خطرہ تھا۔ اگرچہ صرف سچ بولنے کے نقطۂ نگاہ سے میں نے فرشتۂ مذکور کو یہ بھی بتا دیا کہ میں نے اپنی..... بے وقوفیوں کے باعث کئی احباب کو جلی کٹی بھی سنائیں۔ ایک بار بیوی کو بھی زدوکوب کیا تھا۔ کئی بار اقتصادی تنگ دامنی کے کارن جھوٹ بھی بولے تھے۔ اور دو چار مرتبہ کچھ انسانوں سے دھوکا بھی کیا تھا۔

بالآخر فائل پر میرے دستخط کرانے کے بعد فرشتہ کلرک نے کہا۔

"تمہارے بارے میں حکمِ الٰہی یہ ہوا ہے کہ تمہیں ایک بار پھر زمین پر واپس بھیجا جائے۔"

"کس جرم میں ؟"

میں نے پوچھا۔

"کیونکہ تم ایک بھلے انسان ہو۔"

"تو کیا بھلا ہونا جرم ہے ؟" میں تلملایا "میں دوبارہ زمین پر نہیں جانا چاہتا۔ چاہے مجھے جہنم میں بھیج دو۔"

"تم حکمِ الٰہی سے سرتابی نہیں کرسکتے۔ زمین کے سیارے کو تمہاری بڑی ضرورت ہے۔"

"میں نہیں جاؤں گا!"
میں نے پاؤں پٹک کر کہا۔
"تمہیں جانا ہی پڑے گا!"
فرشتہ نے گرج کر کہا۔
"میں نہیں جاؤں گا! ——— نہیں جاؤں گا!!" ——— میرا لہجہ تیز ہو گیا۔
——— "مجھے خدا سے ملا دو۔ میں خدا سے ڈائرکٹ بات کروں گا کہاں ہے خدا؟"
میرے اتنا کہتے ہی ایک ساتھ بہت سے قہقہے گونج اٹھے۔ اور پھر ———
"کہاں ہے خدا؟"
"کہاں ہے خدا؟؟"
کی کروڑوں آوازیں آنے لگیں ——— اور پھر سارا ماحول گھومنے لگا۔
ہزاروں گھنٹے ٹن ٹنا اٹھے۔ اور خدائے عظیم کی حمد و ثنا میں کروڑوں نغمے ایک ساتھ گائے جانے لگے۔ اور مجھے یوں محسوس ہوا جیسے کسی نے مجھے چھنگلیا پر اٹھا کر زور زور سے گھمایا اور پھر اچھال دیا۔ اور میں لڑھکنیاں سی کھا کر گرنے لگا۔
نیچے ———
اور نیچے ———
اور نیچے ———
اور پھر ایک دم سکون سا چھا گیا۔ ایک عجیب پُراسرار طمانیت سی پھیل گئی۔
ایک خاموشی، شانتی اور تسکین ——— !
جیسے سمندر کی تہہ میں کوئی ذرّہ جا کر بیٹھ جائے۔
اور پھر میں نے سُنا۔ ڈاکٹر کہہ رہا تھا۔
"اب خطرہ ٹل گیا ہے۔ مریض بچ جائے گا!"

ایک ماتم

(آہ! مرحوم فکر تونسوی)

بالآخر ہندوستان کے (بزعم خود مشہور و معروف) ادیب جناب فکر تونسوی راہیٔ ملک عدم ہو گئے۔ اس سے پہلے اُن کے والد صاحب بھی انتقال کر گئے تھے۔ اور اس سے پہلے دادا صاحب بھی ——

مرحوم موضع تونسہ ملک پنجاب میں پیدا ہوئے تھے۔ مگر مرے دہلی میں۔ موت کے وقت بریلی میں ہوتے تو بریلی میں مرتے۔ مرحوم جوانا مرگ نہیں تھے اور یہ خوشی کا مقام ہے کہ وہ اپنی عمر سے نسبتاً زیادہ ہی جی کر مرے۔

مرحوم کو برسوں پہلے ایک پامسٹ نے بتا دیا تھا کہ آپ کو مرنے سے پہلے بیش بہا دولت ملے گی۔ مگر افسوس کہ پامسٹ کی صرف ایک بات صحیح نکلی یعنی وہ مر گئے اور دولت والی بات انتہائی بے بنیاد نکلی ——۔ اُس پامسٹ کے بارے میں عام مشہور تھا کہ اُس کی وہی بات صحیح نکلتی ہے جو واقعی صحیح ہوتی ہے۔

مرحوم کے انتقال میں کوئی حرج نہیں تھا۔ صرف ایک لحاظ سے یہ موت دردناک ہے کہ وہ مرنا نہیں چاہتے تھے۔ کیونکہ انھیں دنیا میں ابھی بہت

کام کرنا تھے۔ مثلاً ــــ انھیں ایک صوفہ سیٹ خریدنا تھا جس کی تمنا وہ پندرہ سال سے لئے پھرتے تھے۔ ایک پبلشر سے تو تو میں میں کرنا تھی۔ جو ابھی تک (مرحوم کی شرافتِ نفسی کے باعث) ملتوی چلی آرہی تھی۔ اور انہیں کسی حسینہ سے محبت بھی کرنا تھی۔ کیونکہ یہ کام بھی گزشتہ چالیس برس سے التوا میں پڑا تھا ــــ

مرحوم کو وہم تھا کہ وہ کسی اونچی جگہ سے گر کر مریں گے ــــ چنانچہ مرحوم نے ہر اونچی چیز سے پرہیز کرنا شروع کر دیا تھا۔ اونچے پہاڑ، اونچی سواری، اونچے جانور، اونچے آدمیوں، حتیٰ کہ اونچے عہدے پر پہنچنے سے بھی بچتے تھے۔ ایک مرتبہ انہیں خدشہ پیدا ہوا کہ کہیں ترقی کرتے کرتے وہ کمیونسٹ پارٹی میں لیڈر نہ بن جائیں۔ چنانچہ اسی ڈر سے کمیونسٹ پارٹی ہی چھوڑ دی۔

لہٰذا وہ صرف پیدل ہی چلا کرتے تھے۔ پیدل چلنے کا انھیں کافی شوق بھی تھا۔ کیونکہ اپنے عہدِ افلاس کے پورے بیس سال پیدل چلتے کاٹ دئیے تھے۔

لیکن ــــ نوشتۂ تقدیر کو کیا کہئے کہ باوجود احتیاطِ کامل کے وہ اونچی جگہ سے ہی گر کر پرلوک سدھارے۔ ایک دن کتاب پڑھتے پڑھتے پیدل جا رہے تھے کہ سڑک کے ایک چھوٹے سے گڑھے میں پاؤں جا پڑا ــ گرے اور پھر اسی وقت اٹھے جب انھیں جنازے کے لئے اٹھایا گیا ــ

احتیاط نے انھیں آخری وقت پر دغا دی۔ حالانکہ انھوں نے پوری زندگی احتیاط میں گزار دی تھی۔ احتیاطاً کبھی گول گپا تک نہیں کھاتے تھے کہ کہیں کھانسی نہ ہو جائے۔ اور جب کھانسی ہو جاتی تو اس کا علاج نہ کرواتے کہ کہیں ڈاکٹر غلط دوائی نہ دے دے۔

مرحوم اپنے پیچھے ایک بیوی، تین بچے اور چند دشمن چھوڑ گئے۔ دشمن دو قسم کے تھے۔ ایک وہ جن سے مرحوم نے قرضہ لیا تھا اور دوسرے وہ جنہوں نے مرحوم سے قرضہ لیا تھا۔ رسمِ جنازہ کے وقت تمام دشمنوں نے اعلان کر دیا کہ آج سے دشمنی ختم اور اب ہمیں مرحوم سے کوئی گلا نہیں رہا۔

مرحوم اس سے پہلے بھی ایک بار فوت ہوئے تھے اور ڈیڑھ ماہ تک فوت رہے تھے۔ آخر تنگ آکر ایک اخبار کو چٹھی لکھ دی کہ وہ گنگاپور ضلع چمپارن میں بقیدِ حیات ہیں۔ دراصل وہ موت کا اعلان کرکے عامۃ الناس کو ایک شاک (SHOCK) دینا چاہتے تھے۔ مگر سوائے بیوی اور مالک مکان کے کسی نے آنسو نہیں بہائے۔ لہٰذا وہ اپنی موت سے بے حد مایوس ہوگئے۔ اور اعلانِ موت کی تردید کر دی۔

مگر اس مرتبہ وہ حقیقتاً انتقال کر گئے ہیں۔ اور اُن کی موت کی تصدیق بڑے بڑے اہل الرائے اور ثقہ حضرات نے کی ہے۔ اُن کے جنازے میں عمائدینِ شہر شامل ہوئے، ایک ماتمی جلسہ بھی منعقد کیا گیا، جس میں اُن کے پسماندگان کے لئے چندے کی اپیل کی گئی۔ ایک دانی شہری نے برسرِ جلسہ اعلان کیا کہ انھوں نے ایک فرم سے ڈیڑھ سو روپیہ لینا ہے وہ وصول کرکے میرے چندے میں شمار کیا جائے (فرم مذکور دیوالیہ ہوچکی تھی)۔ ایک پبلشر نے وعدہ کیا کہ انھوں نے مرحوم پہ جو ازالہ حیثیت عرفی کا مقدمہ کر رکھا ہے اُسے واپس لیتے ہیں اور اس واپسی کو ہی اُن کا امدادی فنڈ تصور کیا جائے۔ اس پر تالیاں بجائی گئیں اور پبلشر کو پھولوں کے ہار پہنائے گئے۔

مرحوم چند ایک اوصافِ حمیدہ کے مالک تھے اور چند ایک اوصافِ حمیدہ کے مالک نہیں تھے۔ اس لئے بڑے متوازن انسان تھے۔

دوسروں کو اذیت نہیں دیتے تھے۔ اپنے بچے کو چپت مارتے تو بچے کی بجائے خود رونے لگتے۔ شفقتِ پدری کے سبب نہیں بلکہ اس ڈر سے کہ بچہ بُرا مان جائے گا۔ پڑوسیوں سے بہت کم بولتے تھے کہ کہیں کوئی اختلافِ رائے پیدا نہ ہو جائے۔ کم تعلیم یافتہ لوگوں میں عزت کی نگاہ سے اور زیادہ تعلیم یافتہ لوگوں میں حسد کی نگاہ سے دیکھے جاتے تھے۔ قرض لے کر اتنی جلدی لوٹا دیتے تھے کہ قرضخواہ کو شک پڑجاتا کہ مذاق کر رہے ہیں۔ لیکن کئی بار قرض لے کر کبھی واپس ہی نہ کرتے۔ اور اپنے آپ کو کافی رذیل محسوس کرتے۔ اصولی طور پر خودی کے قائل تھے۔ لیکن آخری عمر میں خاصے خوشامدی ہو گئے تھے۔ کہا کرتے تھے، خوشامد کے بغیر خودی کو برقرار رکھنا انتہائی مشکل ہے۔ مگر اپنی خوشامد کا مذاق بھی اُڑایا کرتے تھے۔ غرض بڑے رنگا رنگ آدمی تھے۔

مرحوم کو اپنے خیالات ظاہر کرنے کا بڑا شوق تھا۔ اور یہی شوق انھیں لے ڈوبا۔ یعنی اپنے خیالات ظاہر کر بیٹھتے اور —— یوں اپنا ترکش خالی کر بیٹھتے۔ چنانچہ لوگ اُنہیں نہتّا پاکر ہلاک کر دیتے۔ اپنی طاقت کو پُراسرار نہیں رکھ سکتے تھے، نتیجتاً معمولی دھوبیوں اور حلوائیوں تک سے مار کھا جاتے اور پھر آنسو بہاتے کہ دنیا کمینی ہے، کور ذوق ہے۔ (آہ! دنیا کے متعلق مرحوم کا تجزیہ کتنا طفلانہ تھا؟)

مرحوم کی زندگی کا آغاز بے وقوفیوں سے ہوا۔ ماں روٹی کے سوکھے ٹکڑے پانی میں بھگو کر کھلاتی تو پروٹسٹ نہ کرتے، ذوق و شوق سے چباتے۔ اُستاد اُن کی تعلیمی قابلیت کی داد دیتے تو وہ فخر کی بجائے شرما جاتے۔ ہمجولی انھیں دھکا دے کر گرا دیتے تو اُس کا ذکر کسی سے نہ کرتے۔

زیادہ سے زیادہ گھر آکر طرز پاکِ اہلِ دنیا پر ایک نظم لکھ دیتے۔

غرض ایسی ہی پے در پے بے وقوفیوں میں اُن کی روحانی نشو و نما ہوئی۔ اور اگر فطرتاً ذہین نہ ہوتے تو لوگ اُن کی ہڈیاں تک پیس دیتے۔ یہ ذہانت خدا کی دین تھی۔ اُن کا اس میں کچھ نہیں تھا۔ اپنی تو صرف بیوقوفیاں تھیں۔ اسی لئے والدین کی مالی حالت پر رحم کھاکر تعلیم ادھوری چھوڑ دی۔ اور ایک رنگ ریز کے ہاں پگڑیاں اور دوپٹے رنگنے کا کام کرنے لگے۔ بعد میں جب مشہور ادیب بن گئے تو بقول اُس رنگ ریز کے بڑے مغرور بن گئے۔

مرحوم نے رنگ ریزی کے بعد کئی پیشے اپنائے۔ رنگ ریزی، کمپوزیٹری، کلرکی، اسکول ماسٹری، پنیڑی، دکانداری، چپڑاسی گری، طبابت —— اور جب کہیں کامیاب نہ ہوسکے تو والدین نے تنگ آکر اُن کی شادی کردی۔ اگر اُس وقت شادی نہ ہوتی تو سنیاس دھارن کرلیتے۔ لیکن قدرت کو کچھ اور ہی منظور تھا۔ قدرت کو اُن سے بڑے بڑے کام لینے تھے۔ اس لئے قدرت نے اُن کا بیاہ کردیا۔ اہلیہ محترمہ نے آتے ہی ان کی نجابت اور شرافت پر تابڑ توڑ حملے شروع کر دیئے۔ اور یہ اہلیہ محترمہ کی ہی دین ہے کہ وہ آخری عمر میں بڑے ڈپلومیٹ بن گئے تھے جس سے انھیں کمینگی میں کمال حاصل کرنے کا موقع ملا۔ یہ کمالِ حسرت کہا کرتے تھے کہ اگر میں بچپن سے ہی کمینگی کو اپناتا تو آج کسی اسٹیٹ کا چیف منسٹر ہوتا۔

مرحوم اچھے خاصے انسانیت پرست تھے۔ ہر وقت انسانیت کی بربادی کا خطرہ لاحق رہتا۔ جتنی دیر جیئے، بہبودئ قوم کے غم میں جیئے۔

اور اگر عمرِ خضر بھی مل جاتی تو بھی بہبودیٔ آدم کرتے رہتے۔ کچھ پوری طرح تو معلوم نہیں تھا کہ وہ کس قسم کی بہبودیٔ آدم چاہتے تھے۔ لیکن ایک بات صاف تھی کہ انسانیت کو کافی زیادہ بلند کرنا چاہتے تھے۔ مثلاً وہ چاہتے تھے کہ چور عدالت کے سامنے جاتے ہی مان لے کہ میں نے چوری کی ہے۔ انھیں بہت سمجھایا گیا کہ یہ ناممکن ہے۔ مگر وہ مُصر رہے کہ یہ ممکن ہے۔ —— صرف مرنے سے ایک ہفتہ پہلے بمشکل مانے کہ پچاس فیصدی ممکن ہے۔

بہرکیف انھوں نے زندگی بھر بنی نوعِ انسان کی خاطر کام کیا۔ مثلاً نظموں کی ایک کتاب قلم بند کی۔ مگر اس میں بہبودیٔ آدم کچھ زیادہ گہری ہوگئی کہ کسی آدم کی سمجھ میں نہ آسکی۔ ادیبوں کی کئی انجمنیں قائم کیں، جو آپس میں لڑ جھگڑ کر ختم ہو گئیں۔ دو ہفتہ وار اخبارات اور چار ادبی ماہنامے جاری کیے۔ جو بنی نوعِ انسان کی عدم توجہی کے باعث یکے بعد دیگرے بند ہو گئے۔ ایک مرتبہ دیواروں پر بہبودیٔ آدم کے نعرے لکھنے کے لیے نکلے۔ تو تند و تیز دھوپ کے باعث سڑک پر بے ہوش ہو گئے۔ بہبودیٔ آدم کے سلسلہ میں ایک مرتبہ گرفتار بھی ہوئے تھے۔ لیکن میڈیکل گراؤنڈ پر رہا کر دیئے گئے۔ اور آئندہ گرفتاری سے توبہ کر لی —— مگر عام طور پر انڈر گراؤنڈ انارکسٹوں اور باغیوں کو اپنے گھر میں پناہ دیا کرتے تھے —— نتیجہ یہ ہوا کہ ان کی گرفتاری کے وارنٹ جاری ہو گئے۔ بعد میں معلوم ہوا کہ وارنٹ سیاسی خیالات کے باعث نہیں بلکہ قرضہ کی وصولی کے سلسلہ میں جاری کئے گئے تھے —— آخر بیوی نے زیور بیچ کر قرضہ چکا دیا۔ اس واقعہ کو یاد کر کے بڑے آبدیدہ ہو جاتے اور کہا کرتے۔ "میری بیوی

بنی نوع انسان کی بھی خادم ہے۔ تیسری مرتبہ جب گرفتار ہوئے تو اس لئے کہ عالمِ مستی میں ایک ٹیکسی والے سے لڑ پڑے۔ جو ناجائز کرایہ طلب کر رہا تھا۔ اور یہ کرایہ بہبودیٔ آدم کے منافی تھا۔ نتیجتاً ایک دانت ٹوٹ گیا، ایک ناخن اُتر گیا۔ اور پاؤں کی ایک ہڈی مڑ گئی ——

انسانیت کو بلند کرنے کے سلسلے میں انھوں نے آدھ درجن طنزیہ کتابیں لکھ ڈالیں۔ جو سب کی سب مقبولِ عام و خاص ہوئیں۔ اگرچہ اُن کے پبلشروں کو ہمیشہ شکایت رہی کہ ان کی کتابیں بکتی نہیں۔ جاسوسی ناول زیادہ بکتے ہیں (ایک بار انھوں نے ایک جاسوسی ناول بھی لکھا، وہ بھی نہیں بکا)۔

اُن کی تمام کتابوں میں بہبودیٔ آدم کے ہی تذکرے نہیں۔ جن میں چارپائی سے لے کر خداوند تعالیٰ تک ہر ایک کے متعلق بات کی گئی ہے کہ یہ چیزیں بنی نوعِ انسان کی خدمت کے لئے ہی پیدا کی گئی ہیں (خدا کو بھی وہ پیدا شدہ چیز سمجھتے تھے، کافر تھے نا؟) افسوس ہے کہ ان کی کتابوں کے صرف ایک ایک ایڈیشن ہی چھپے اور بہبودیٔ آدم ادھوری رہ گئی۔

طنزیہ کتابوں کے علاوہ ایک سیاسی کتاب بھی لکھی۔ جس میں ایک سیاسی رہنما کا قصیدہ تھا مگر رہنما مذکور کے سیاسی زوال کے باعث کتاب مارکیٹ میں نہ آسکی۔ یہ رہنما بھی بہبودیٔ آدم کے سلسلے میں ہی کام کر رہا تھا۔

اعلیٰ پایہ کی ان کتابوں کے علاوہ انھوں نے ایک نہایت گھٹیا، بازاری عشق سے بھرپور ناول بھی لکھا تھا، جو گنا جردن کی طرح خوب خوب

بکا۔ صرف اسی کتاب کی رائلٹی سے ہی ان کی بیوی نے طلائی زیور بنوائے ــــ مرحوم اِن زیوروں کو دیکھ دیکھ کر ہمیشہ سرد آہ بھرتے اور کہا کرتے :۔ "محترمہ ! یہ زیور نہیں ہیں بنی نوعِ انسان کی ہڈیاں ہیں جو تم نے پہن رکھی ہیں"

افسوس کہ انھوں نے مزید بازاری ناول لکھنے سے توبہ کرلی۔ اور بنی نوع انسان کی مزید ہڈیاں سونا نہ بن سکیں۔

اور آج جبکہ مرحوم اس دنیا سے اُٹھ گئے ہیں۔ اُن کے کارہائے نمایاں کی دوبارہ قدر و منزلت کرنا ضروری ہے۔ ان کی خامیاں اُن کے ساتھ لوٹ گئیں۔ اس لئے ہمیں کوئی خطرہ نہیں رہا۔ البتہ اُن کی خوبیاں ہمارے درمیان رہ گئی ہیں۔ اور اب یہ دنیا کا فرض ہے کہ ان خوبیوں کو یتیموں کی طرح پالے پوسے اور جس عظیم کام کو مرحوم ادھورا چھوڑ گئے ہیں، اسے پورا کرے۔ اور اگر پورا نہ کیا گیا تو خطرہ ہے کہ مرحوم کی روح ایک بار پھر یہاں آجائے گی۔ اور ایک بار پھر دنیا میں انسانیت پرستی کا پراپیگنڈہ شروع ہو جائے گا۔ آمین، آمین !

وارنٹ گرفتاری

ایک دن میں رات کو گھر لوٹا تو راستہ میں ایک بیل گاڑی سے ٹکرا گیا۔ اور عینک کا فریم ٹوٹ گیا۔ وجہ یہ تھی کہ اس شام کو ایک ادبی اجتماع میں وزیر تہذیبی امور نے مجھ سے کہا تھا کہ فکر صاحب! آپ سلطنتِ ادب کے کوہ نور ہیرے ہیں۔

اور کوہ نور ہیرا فرطِ مسرت میں جب عینک کا فریم تڑا کر گھر لوٹا تو بیوی نے دیکھتے ہی کہا "آج آپ کے وارنٹ گرفتاری آئے تھے"

منجھلے بچے نے مارے خوف کے چیختے ہوئے کہا "ڈیڈی! کیا اب آپ جیل چلے جائیں گے؟"

سب سے چھوٹے بچے نے خوشی سے اعلان کیا "ڈیڈی! میں بھی آپ کے ساتھ چلوں گا"

پڑوسی رگھورام میری آواز کی بُو سونگھ کر آ گیا اور بولا "فکر صاحب! شائد پلیف کل بھی آئے گا۔ اس لئے گرفتاری سے بچنا چاہیئے"

پڑوسی مادھورام جس کی پڑوسی رگھورام سے خاندانی دشمنی تھی، اُس نے رگھورام کی آواز کی بو سونگھی تو آ کر بولا "فکر صاحب شریف آدمی ہیں۔ بچنے کی کوئی ضرورت نہیں۔ انہیں خود بخود کچہری میں حاضر

ہو جانا چاہیئے "

میں سر پکڑ کر بیٹھ گیا۔ یہ کاہے کے وارنٹ گرفتاری تھے؟ کس جرم میں؟ میں نے اپنے گزشتہ چالیس سالہ جرائم پہ نگاہ ڈالی تو صرف ایک جرم دکھائی دیا۔ جبکہ پندرہ برس کی عمر میں لائبریری سے میں نے ایک کتاب چرائی تھی (مگر آج کل تو میں اُس لائبریری کی مشاورتی کمیٹی کا ممبر تھا)۔

میں نے بیوی سے پوچھا: "تم نے وارنٹ کی عبارت پڑھی تھی؟"

"ہاں، عدم ادائیگی قرضہ کے وارنٹ تھے۔"

بیوی نے زندگی میں پہلی بار سچی بات کہی تھی۔ حالانکہ اس سے پہلے وہ سینکڑوں بار کہہ چکی تھی کہ میں آپ سے سچی محبت کرتی ہوں۔ مگر مجھے اعتبار نہیں آتا تھا۔ کیونکہ سچی محبت وہ صرف اپنی ماں سے کرتی تھی۔

——میں نے سرکار سے سچ مچ ایک بار قرض لیا تھا اور واپس اس لئے نہیں کیا تھا۔ کیونکہ میرا خیال تھا کہ سرکار کے پاس مجھ سے زیادہ پیسہ ہے۔ لیکن سرکار نے سماجی انصاف کی خاطر میرے وارنٹ نکال دیئے۔

وارنٹ کا تصوّر نہایت گھناؤنا ہوتا ہے۔ گندی گالی، وارنٹ سے کم توہین انگیز ہوتی ہے۔ سب سے زیادہ غصہ مجھے پڑوسی رگھو رام پر آیا جسے یہ معلوم ہو گیا کہ سرکار مجھے ہتھکڑی لگانے آئی تھی (میں سالے رگھو رام کو اب اپنا ٹوتھ پیسٹ استعمال کرنے کے لئے کبھی نہیں دوں گا)۔

دوسرا غصہ سرکار پہ آیا۔ اُس نے میرے وارنٹ کیوں نکال دیئے؟ (کسی اور کے نکال دیتی)، کیا اسے معلوم نہیں تھا کہ سرکار کے وزیر تہذیبی امور نے مجھے کوہ نور ہیرا کہا ہے۔ ایک طرف کوہ نور، دوسری طرف وارنٹ؟ ایک ہی آدمی کے بارے میں سرکار کی یہ ڈبل پالیسی کیوں ہے؟

اور پھر سرکار نے مجھے قرضہ دیا ہی کیوں تھا (ضمیر نے کہا، تم نے خود مانگا تھا) کیا سرکار کو معلوم نہیں تھا کہ میں لوٹا نہیں سکوں گا؟ اور پھر میں نے اکیلے تھوڑے لیا تھا، ہزاروں مصیبت زدگان نے لیا تھا۔ سرکار کا فرض تھا کہ یہ قرضے معاف کر دیتی۔ تاریخ میں تو یہ اکثر ہوتا آیا ہے کہ سلطنتوں کے اربوں روپے ڈوب جاتے ہیں بلکہ خود سلطنتیں ڈوب جاتی ہیں۔

رات بھر ڈر اور غصہ میں نیند نہ آئی اور میں سرکار، قانون، بیلف حتیٰ کہ گھر کے چوہوں تک کو کوستا رہا جو ہماری چینی کی پلیٹیں توڑ جاتے ہیں۔ صبح کے قریب آنکھ لگی تو خواب میں والد صاحب نے درشن دیئے اور کہا "قرضہ چکا دو بیٹے! کیوں باپ کا نام ڈبو رہے ہو؟"

جب آنکھ کھلی تو سب سے پہلا خیال یہ آیا کہ بیوی بچوں کو لے کر ہردوار چلا جاؤں اور گھر کے دروازے پر یہ چٹ چسپاں کر جاؤں۔ "فکر تونسوی اپنے گناہوں کے پشچاتاپ کے لئے تیرتھ یاترا پر گیا ہوا ہے۔"

لیکن — (۱) اگر سرکار نے فراری ملزم قرار دے دیا؟
(۲) اگر آج کم بخت بیلف پھر آ گیا؟
(۳) اگر کچہری میں خود بخود حاضر ہونے پر کلکٹر نے جیل میں ڈال دیا؟

والد صاحب کی اس تجویز پر سخت افسوس ہوا کہ قرضہ چکا دو۔ آہ! والد صاحب کو میری مالی حالت کا کتنا غلط اندازہ تھا — کیا بیوی کے گہنے گروی رکھ دوں؟ مگر نہیں، دنیا کی نوتے فی صدی بیویاں گہنوں کو

خاوند سے زیادہ پیار کرتی ہیں۔ بلکہ عین ممکن ہے، بیوی اسی پوائنٹ پر طلاق کی دھمکی دے ڈالے ـــــ کیا کسی وکیل سے مشورہ کروں؟ مگر والد صاحب نے ایک بار نصیحت کی تھی، کہ بیٹا! آدھے حکیم اور پورے وکیل کے پاس کبھی نہ جانا۔ دونوں روگ بڑھا دیں گے۔

صرف ایک طریقہ باقی تھا کہ بغیر ناشتہ کئے گھر سے چلا جاؤں اور بیوی سے کہہ جاؤں کہ بیلف آئے تو اُسے اطلاع دے دینا کہ ملزم ہندوستان چھوڑ کر ٹانگانیکا چلا گیا ہے اور اس جنم میں نہیں لوٹے گا۔

چنانچہ جلدی جلدی کپڑے بدلے، بیوی کو وصیت کی اور گھر سے باہر نکل گیا۔ راستہ میں جو آدمی بھی خاکی وردی پہنے گزرتا۔ میری طرف گھورتا اور میں آنکھیں بند کرکے اُسے جُل دیتا اور آگے بڑھ جاتا اور اس دن سڑک پر نہ جانے کیوں؟ ہزاروں بیلف وارنٹ لئے گھوم رہے تھے۔ لیکن میں ان کے ہاتھ نہیں آیا۔ دن بھر کئی دوستوں، دفتروں اور آشناؤں کے ہاں گیا (یہ سب میرے ٹانگانیکا تھے) اور آخر شام کو ایک ریسٹورنٹ میں جا بیٹھا اور دوستوں سے گپ شپ لڑانے لگا ـــــ

اچانک ریسٹورنٹ میں بیٹھے بیٹھے کیا دیکھتا ہوں کہ ایک پراسرار جنٹلمین آدمی ہماری میز کی طرف بڑھ رہا ہے۔ قریب آتے ہی اُس نے مجھ سے پوچھا۔

"کیا آپ کا نام فکر تونسوی ہے؟"

میں نے بڑے بہادرانہ لہجہ میں کہا (کبھی کبھی ڈر کی شدت میں انسان بہادر بھی بن جاتا ہے) "نہیں صاحب! میرا نام رام گوپال ہے، البتہ فکر تونسوی کو جانتا ضرور ہوں"

"وہ کہاں رہتے ہیں؟"

"وہ کہاں رہتے ہیں؟"

اب مجھے یقین آگیا کہ یہ تو وہی کم بخت بیلف ہے جو بھیس بدل کر آگیا ہے۔سوچا، اسے غلط ایڈریس بتا دوں، لیکن جلدی میں کوئی غلط ایڈریس بھی نہیں سوجھا اور کہہ دیا:"وہ ٹانگانیکا چلے گئے ہیں؟"

شخص مذکور مایوس ہوکر چلا گیا۔ بعد میں ایک دوست نے بتایا کہ یہ ایئرانڈیا کا ریپوریشن میں ملازم تھا اور تمہارا مداح تھا۔ مجھے افسوس ہوا کہ ایک مداح خواہ مخواہ میرے ہاتھوں بیلف بن گیا۔

شام کو چار بجے کے قریب گھر لوٹا۔ اپنے پلان کی کامیابی پہ نازاں، اپنی بزدلی پر شرمندہ، لیکن وارنٹ کے تصور سے بدستور ہراساں۔

جونہی گھر کی کنڈی کھٹکھٹائی، بیوی نے اندر سے آواز دی۔

"کون ہے؟"

میں نے مذاق میں کہا"بیلف"

اندر ہی سے کرخت لہجہ میں جواب آیا:"مُوا پھر آگیا —— اجی بیلف صاحب! تم سے تین بار کہہ چکی ہوں، فکر صاحب ٹانگانیکا گئے ہوئے ہیں۔"

میں نے کہا"ڈارلنگ! میں ٹانگانیکا سے واپس آگیا ہوں"

بیوی نے ڈارلنگ کے لفظ کو نظر انداز کرتے ہوئے کہا"ہاں ہاں، ٹانگانیکا، جو براعظم افریقہ میں ہے"

اس مرتبہ بیوی کی ہنرمندی پہ بے حد پیار آگیا۔ میں پہلے سمجھا کرتا تھا، فضول سی بیوی ہے، صرف بچے پیدا کرنا جانتی ہے۔ لیکن اب

معلوم ہوا کہ یہ تو جغرافیہ بھی جانتی ہے۔

میں نے پھر دروازہ کھٹکھٹایا۔ کیونکہ ڈپلومیٹک بیوی سے مجھے ایک اور خطرہ لاحق ہوگیا تھا کہ کہیں میں دروازے پر ہی کھڑا نہ رہ جاؤں اور وہ دروازہ ہی نہ کھولے اور حد سے زائد ہُنر مندی میں مجھے پہچاننے سے ہی انکار کردے۔ چنانچہ میں پچھلی طرف سے دیوار پھاند کر اندر آنگن میں داخل ہوگیا۔ بیوی نے مجھے دیکھتے ہی کہا " یہ کیا حرکت ہے ؟"

عرض کیا " جب فکر تونسوی اور بیلف میں فرق مٹ جاتا ہے تو دیوار پھاند کر اندر آنا پڑتا ہے —— تم نے دروازہ کیوں نہیں کھولا ؟"

"آپ نے کیوں کہا تھا کہ میں بیلف ہوں۔ وہ کم بخت آج تین مرتبہ آیا تھا۔ مجھے خطرہ ہے کہ کہیں پھر نہ آجائے "

" ہُنھ ! پگلی ہوئی ہے کیا ؟ رولز کے مطابق اب میرے وارنٹ ٹانگا نیکا ہی جائیں گے "

بیوی بے اختیار ہنس پڑی ، بچے بھی ہنس پڑے۔ میں خود بھی کسی حد تک ہنس پڑا۔ لیکن دل کی نچلی تہوں میں کوئی بیٹھا کہہ رہا تھا —— " اور اگر بیلف آگیا تو ..... ؟"

اور دوسرے دن بیلف واقعی آگیا۔

میں برآمدے میں کرسی ڈالے اخبار پڑھ رہا تھا کہ اچانک کیا دیکھتا ہوں ، بیلف میری کرسی کے عین پیچھے کھڑا ہے۔ دماغ نے کہا " اگر یہ بیلف ہے بھی ، تو بھی سمجھو کہ بیلف نہیں ہے ، تم اخبار پڑھتے رہو "

بیلف نے کہا " جناب !...."

میں نے اخلاقاً کہا: "کون ہو؟ کیا چاہتے ہو؟"

"جناب! کیا فکر تونسوی صاحب آپ کا اسم گرامی ہے؟"

"میرا خیال ہے، پہلے آپ بتایئے کہ آپ کا اسم گرامی کیا ہے؟"

"میں سرکاری بیلف ہوں"

"تو پھر میں فکر تونسوی نہیں ہوں"

بیلف مسکرا دیا (کتنی خوفناک مسکراہٹ تھی ظالم کی) چند سیکنڈ تک مجھے گھورتا رہا اور جب تک وہ گھورتا رہا میں دل ہی دل میں گائتری منتر کا جاپ کرتا رہا۔ آخر کار وہ بولا: "جناب! آپ مذاق کر رہے ہیں، کیونکہ آپ مزاح نگار ہیں نا؟ مگر عرض یہ ہے کہ میں نے آپ کا فوٹو ایک رسالہ میں دیکھا تھا، جس کے نیچے فکر تونسوی لکھا تھا"

"وہ پرنٹنگ کی غلطی ہوگی"

"ایک بار ایک مشاعرہ میں آپ کو نظم پڑھتے بھی دیکھا تھا"

"وہ مشاعرہ والوں کی غلطی ہوگی"

"اور آپ کے پڑوسی رگھو رام نے بھی مجھے ابھی ابھی بتایا ہے کہ وہ سامنے کرسی پر فکر تونسوی صاحب ہی بیٹھے ہیں"

اب میں نے گائتری منتر پڑھنا بند کر دیا۔ اس زمانے میں گائتری منتر میں بھی جان نہیں رہی۔ چنانچہ گائتری منتر کی بجائے میں نے خاندانی شرافت کا سہارا لیا اور (کانپتے ہوئے ہونٹوں کے ساتھ) کہا: "اچھا چلو، مذاق ختم۔ بتاؤ کیا چاہتے ہو؟"

"آپ کو تحصیلدار صاحب نے عدالت میں بلایا ہے۔ آپ کے وارنٹ گرفتاری ہیں؟"

آہ! یہی وہ غلیظ فقرہ تھا، جسے میں سُننا نہیں چاہتا تھا۔ اخبار ایک طرف رکھ کر میں نے وارنٹ گرفتاری اُس کے ہاتھ سے لے لیا ــــ اُسے خواہ مخواہ پڑھنا شروع کیا۔ وارنٹ پر وہی روایتی توہین انگیز عبارت تھی جو عام طور پر عدالتی سمنوں پر راجہ ٹوڈرمل کے وقت سے چلی آرہی ہے:۔

"ــــ ہرگاہ کہ مسمی فکر تونسوی ولد .... ذات .... پیشہ .... سکنہ .... دیدہ دانستہ عدالت میں حاضر ہونے سے گریز کر رہا ہے، لہٰذا بسلسلۂ عدمِ ادائیگی قرضہ مجریہ سرکار عالیہ ۱۹۵۰ء مسمی مذکور کے وارنٹ گرفتاری جاری کیے جاتے ہیں کہ ملزم کو گرفتار کر کے بہ عدالت تحصیلدار صاحب مورخہ .... تک پیش کیا جائے .....

دستخط

مہر عدالت ....."

میں نے محسوس کیا کہ میرے بیوی بچے کھڑکیوں میں کھڑے مجھے جھانک رہے ہیں۔ اِدھر اُدھر کی کھڑکیوں سے دو چار پڑوسیوں کے منحوس چہرے بھی جھانکتے دکھائی دیئے۔

پہلے میں نے سوچا کہ بیلف سے کہوں، وارنٹ کی عبارت ٹھیک کرا کر لاؤ، کیونکہ ادبی اعتبار سے اس میں کئی غلطیاں ہیں۔ لیکن بیلف نے مجھ سے پہلے کہہ دیا۔

"تو چلئے جناب"

میں نے کہا "ٹھہرو چلتا ہوں، تھوڑا سا سوچ لوں!"

رگھو رام پڑوسی ہماری باتوں کا لطف اُٹھانے کے لئے ہمارے پاس آگیا۔

"کمینہ!" ــــ میں نے دل ہی دل میں کہا ــــ لیکن وہ اُلٹے

ہمدردی جتانے کے لہجہ میں بولا "کیا بات ہے فکر صاحب ! "

میں نے کہا "کچھ نہیں، ان صاحب کی ایک بھینس گم ہوگئی ہے۔ پوچھ رہے ہیں، ہمارے گھر تو نہیں آئی !"

رگھو رام بولا "معمولی بات ہے، مجھ پر چھوڑ دیجئے ـــ بھائی صاحب! ذرا ادھر میری بات تو سُنیئے "

وہ بھائی صاحب کو ایک طرف کونے میں لے گیا اور کھُسر پھُسر کرنے لگا۔ شاید اسے بھڑکا رہا تھا کہ تم فکر تونسوی کو ضرور گرفتار کرکے لے جاؤ۔ ورنہ تمہاری رپورٹ کردوں گا ...... مگر بیلف مسلسل انکار میں سر ہلا رہا تھا۔ اتنے میں رگھو رام میرے پاس آیا اور سرگوشی میں بولا " اجی، دو روپے دے دو سالے کو، ٹل جائے گا۔"

میں اصولی طور پر رشوت کے خلاف ہوں۔ لیکن سوچا کہ یہ کارآمد اصول کسی اور بہتر مقصد کے لئے استعمال کرلوں گا، لہٰذا جھٹ دو روپے نکال کر رگھو رام کی ہتھیلی میں تھما دیئے۔ رگھو رام نے بیلف کی ہتھیلی میں تھما دیئے۔ بیلف نے دونوں روپے زمین پر گرا دیئے۔

"تھوڑے ہیں کیا ؟" رگھو رام نے بیلف کے صدیوں کے افلاس زدہ چہرے کی طرف دیکھ کر کہا۔

بیلف نے حقارت سے زمین پر تھُوک کر کہا "اجی ! کیا آپ مجھے رشوت خور سمجھتے ہیں ؟"

میں نے جو تیسرا روپیہ دینے کے لئے جیب سے نکالا تھا۔ ڈر کے مارے واپس جیب میں ڈال لیا۔ (دیکھے اور ایماندار آدمی سے کبھی کبھی کتنا ڈر آتا ہے ؟)۔

رگھو رام نے بھی تکنیک بدل لی، بولا۔ "بیلف! کیا تم جانتے ہو کہ فکر صاحب بہت بڑے ادیب ہیں؟"

میں نے بغیر کہے، کہا۔ "میں رگھو رام سے اتفاق کرتا ہوں۔"

بیلف نے جواب دیا۔ "ہاں، میں ان کا مداح ہوں، لیکن سرکار کا نوکر بھی ہوں۔ اور یہ میری نوکری کا سوال ہے۔"

بیلف کی مدلل ضد نے ہمیں بے بس کر دیا۔ اب مجھے بیلف پر نہیں سرکار پر غصہ آ رہا تھا۔ یہ کیسی سرکار ہے، جس کا بیلف اور کلچرل منسٹر دونوں میرے مداح ہیں مگر مجھے گرفتاری سے نہیں بچا سکتے۔ ایسی سرکار کا کیا فائدہ؟ ایسی سرکار کو بدل دینا چاہیے۔ ایسی سرکار مردہ باد ——! انقلاب زندہ باد!!

تھوڑی دیر ایک خوفناک خاموشی طاری رہی۔

اور پھر میں بغیر سوچے ایک طرف چلنے لگا۔

بیلف بھی میرے پیچھے پیچھے چلنے لگا۔

میں نے رومال سے ناک صاف کیا۔

بیلف نے بھی اپنا ناک صاف کیا۔

بیلف میرا تعاقب کیوں کر رہا ہے، بیلف مجھے چور سمجھتا ہے۔ یہ ڈوب مرنے کا مقام ہے۔ مجھے بہادروں کی طرح گرفتار ہو جانا چاہیے میرے پاؤں لڑکھڑانے لگے۔ بیلف نے کہا۔ "جناب! چلیے، اب کوئی مزید بہانہ مت سوچیے۔"

"ابے! بہانہ کیسا؟" میں اکڑ گیا۔ "میں تمہارے وارنٹ سارنٹ سے نہیں ڈرتا۔ اور ابھی کپڑے بدل کر تمہارے ساتھ چلتا ہوں۔"

"مگر اب آپ کپڑے بھی نہیں بدل سکتے۔ آپ جانتے ہیں کہ مجھے ہتھکڑی لگانے کے اختیارات بھی ہیں۔"

جی چاہا، بیلف کے منہ پر طمانچہ جڑ دوں۔ لیکن مدّاح سمجھ کر رُک گیا۔ توہین، ہتھکڑی، جیل، تحصیلدار ـــــ سبھی بھوتوں کی طرح میرے اردگرد ناچنے لگے اور جیسے کوئی گھناؤنا خواب دیکھتے وقت آدمی بول نہیں سکتا۔ میری زبان بند ہو گئی۔ میں نے محسوس کیا کہ کھڑکی میں جھانکتی ہوئی میری بیوی نے ایک دردناک چیخ ماری ہے۔ شاید زمین پر گر کر بے ہوش بھی ہو گئی ہو۔ (کبھی کبھی اِن بیویوں کو خاوندوں پہ بے ساختہ پیار آجاتا ہے)

آخری نوٹ :۔ اس کے بعد کی کہانی نہایت معمولی ہے کہ مصنف عدالت میں چلا گیا اور فوراً ہی رہا کر دیا گیا۔ لیکن مصنف اس ڈسپیچ کلرک کا ہمیشہ ممنون رہا، جس کی ذرا سی غلطی سے اُس کے وارنٹ جاری ہو گئے۔ کیونکہ اگر کلرک غلطی نہ کرتا تو مصنف اتنی خوبصورت کہانی نہیں لکھ سکتا تھا۔